KB246237

설경구 新무협 판타지 소설
FANTASTIC ORIENTAL HEROES

용호객잔 1

설경구 新무협 판타지 소설

초판 1쇄 찍은 날 § 2011년 5월 16일
초판 1쇄 펴낸 날 § 2011년 5월 20일

지은이 § 설경구
펴낸이 § 서경석

총괄팀장 § 유경화
편집책임 § 주소영

펴낸곳 § 도서출판 청어람
등록번호 § 제1081-1-89호
등록일자 § 1999. 5. 31
어람번호 § 제2-2088호

주소 § 경기도 부천시 원미구 심곡2동 163-2 서경B/D 3F (우) 420-822
전화 § 032-656-4452 팩스 § 032-656-4453
http://www.chungeoram.com
E-mail § chungeoram@chungeoram.com

ⓒ 설경구, 2011

ISBN 978-89-251-2507-7 04810
ISBN 978-89-251-2506-0(세트)

용호객잔

龍虎客棧

FANTASTIC ORIENTAL HEROES

설경구 新무협 판타지 소설

①

도서출판 청어람

目次

용호객잔

序

하늘에 구멍이라도 난 듯, 비가 억수처럼 쏟아졌다.

칠흑처럼 짙은 어둠이 내려앉아 있었지만 번개가 내리꽂힐 때마다 번쩍하며 주변이 밝아졌다.

그 번개 덕분에 가슴이 너덜더덜하게 변한 노인이 제대로 보였다.

원래는 하얗게 센머리를 단정하게 묶고 학사건을 눌러쓴 점잖은 모습이었는데, 지금은 다르다.

봉두난발이라 해도 과언이 아닐 정도로 긴 머리는 아무렇게나 흩어져 있고, 학사건은 찢어진 채 바닥에 뒹굴고 있다.

어디 그뿐인가.

시를 읽으며 눈물까지 흘리던 감수성이 풍부한 양반이었는데, 얼굴이 짓뭉개지면서 한쪽 눈알이 빠져 버려 흉측하게 변한 눈에서는 눈물 대신 핏물이 줄줄 새어 흐른다.

"죽여 버려."

원독에 찬 눈빛으로 나를 노려보고 있는 이 노인은 대체 누굴까.

갑자기 머리가 아프다. 기억을 떠올리려 하면 할수록 머리가 더 아파와서 그냥 묻기로 했다.

"당신은 누구죠?"

"강호의 무부들은 노부를 천뇌 선사라 부른다."

"천뇌 선사?"

"네놈의 사부이기도 하지."

사부라.

내게 사부가 있었던가.

까짓것 있다고 치자.

그리고 제자 된 도리로 사부의 유언 정도는 들어드려야 할 것 같긴 한데.

"누구를 죽일까요?"

"저놈들 다 죽여 버려, 한 놈도 남김없이."

다시 번개가 쳤다.

그 덕분에 사부라 주장하는 노인과 내 주변을 둘러싼 채 서 있는 칠남이녀(七男二女)가 보였다.

밀랍 인형처럼 안색이 창백한 그들은 전신이 상처투성이였다.

누군가와 싸운 것 같은데, 아마 상대는 사부였겠지.

내가 검을 들어 올리자, 그들의 눈동자에 긴장한 기색이 스쳐 지나갔다.

개의치 않고 일단 사부를 어깨에 들쳐멨다.

금방 죽어도 이상하지 않을 것처럼 상처가 깊었던 사부인데, 당장 내려놓으라고 발버둥을 쳤다.

그리고 당장 저놈들을 죽이라고 고래고래 소리를 질렀지만, 난 무시하고 손에 들고 있던 검을 던져 버렸다.

"왜 저놈들을 죽이지 않느냐?"

사부는 따지듯이 물었다.

나는 대답했다.

"그냥 그래야 할 것 같아서요."

이게 그렇게 웃긴 대답일까.

내 어깨에 들쳐메인 채 사부는 자지러지게 웃었다.

저러다가 웃다 죽는 게 아닐까 걱정될 정도로 몸을 부들부들 떨면서까지 격렬하게 웃던 사부는 내게 진짜 유언을 남겼다.

"용호(龍虎)를 얻었으니 천하가 거의 내 손에 들어온 것이나 다름없다 여겼는데. 빌어먹을."

사부가 거의 손에 쥘 뻔했던 천하는 대체 어디 있을까.

용호는 대체 누구일까.

나로서는 알 수가 없다.

그리고 내 걱정은 기우가 아니었다.

사부는 키득키득 웃다가 죽었다.

내 어깨 위에서 숨을 거둔 사부를 들쳐멘 채 빗속을 뚫고 걸음을 옮길 때, 누군가 내게 물었다.

"어디로 가는 거지?"

딱히 정해둔 곳이 없었다.

그냥 발길이 닿는 곳으로 갈 생각이었는데.

문득 기발한 생각이 떠올랐다.

'사부가 말한 용호나 찾으러 가볼까?'

나는 희미하게 웃었다.

그렇게… 내 행선지가 정해졌다.

第一章
난 누구죠?

용호객잔

파란색 물감을 풀어놓은 것처럼 높은 하늘.

구름 한 점 찾아볼 수 없는 선명한 하늘이 기분을 더욱 들뜨게 만든다.

마침 불어온 시원한 바람이 이마 위로 늘어뜨리고 있던 머리카락을 기분 좋게 흐트러뜨리고 지나간다.

'어서 가야지!'

서둘러 걸음을 옮기던 소이현은 바람을 타고 기세 좋게 펄럭이고 있는 용호객잔이라 적힌 깃발 앞에서 멈춰 섰다.

낡은 깃발이 바람에 펄럭이고 있는 것을 바라보다 보니, 어느새 가슴이 분탕질치기 시작한다.

아무 대책 없이 두근거리는 심장을 진정시키기 위해 짤막한 한숨을 내쉰 후, 가벼운 발걸음으로 객잔 안으로 들어섰다.

"어서 옵쇼."

어김없이 흘러나오는 경망스런 목소리가 가장 먼저 그녀를 반겼다.

'용호객잔 주인의 친척이 틀림없어.'

허리를 구부정하게 숙인 채 이죽거리며 웃고 있는 점소이.

이름이 용팔이라고 했던가.

하여간 이름부터 촌스럽기 그지없었다.

그렇지만 용팔이라는 촌스러운 이름은 생긴 것에 비하면 문제도 되지 않는다.

눈은 단춧구멍처럼 작고 가늘게 찢어져 있었고, 어릴 적에 열병이라도 크게 앓았는지 얼굴에는 손톱만 한 곰보 자국들이 가득했다.

그리고 굳이 보려고 애쓰지 않아도 콧구멍 속의 내용물까지 모두 드러나는 들창코.

저렇게 남들에게 보여줄 거라면 구멍 속 관리라도 제대로 할 것이지.

어쨌든 저 얼굴을 마주하고 나면 절로 입맛이 떨어진다.

게다가 뻐드렁니를 드러내며 이죽거릴 때는 뱃속에 있는 것을 모조리 게워내고 싶은 욕구가 무럭무럭 밀려온다.

'대체 무슨 꿍꿍이야?

다른 곳도 아닌 음식을 파는 객잔이었다.

그런데 저런 얼굴을 가진 점소이를 고용한다는 것은 이미 객잔의 영업을 반쯤은 포기했다는 것과 다를 바 없는 만행이었다.

그래서 소이현은 용팔이라는 점소이와 마주칠 때마다, 용호객잔 주인의 숨겨둔 아들이 틀림없을 거란 근거없는 상상의 나래를 펼치곤 했다.

그러나 그녀는 이내 그 상상을 머릿속에서 떨쳐 냈다.

용호객잔의 주인이 마누라 몰래 바람을 피워 낳은 아들이 저기 이죽거리며 서 있는 용팔이든 아니든, 그녀가 상관할 바가 아니었다.

지금 그녀의 모든 관심은 용호객잔에서 일하고 있는 또 한 명의 점소이에게 쏠려 있었으니까.

서둘러 고개를 돌리자 행주를 움켜쥐고 우아한 손놀림으로 빈 탁자를 닦아내고 있는 또 한 명의 점소이가 보인다.

"아!"

그 점소이를 바라보던 소이현의 고운 입술이 벌어졌다.

그리고 자신도 모르는 사이 탄성을 뱉어냈다.

맑은 정광이 흘러나오는 두 눈.

태산처럼 쭉 뻗은 검미.

어떤 고난에도 흔들리지 않을 것처럼 굳은 의지가 전해지는 한일자로 꽉 다문 입술.

넓고 반듯한 이마에 살짝 맺혀 있는 땀방울까지.

어디 한 군데 흠잡을 곳이 없다.

그래서 탄성이 터져 나왔다.

굳이 말로 표현하자면 그저 서 있는 것만으로도 그림이랄까.

'어쩜 저렇게 잘생겼을까?

하마터면 입가를 타고 흐를 뻔한 침을 소이현은 슬쩍 닦아 냈다.

그런 그녀가 주변을 둘러본 후 경각심을 드러냈다.

그녀만 그렇게 느낀 것이 아니었다.

사람들, 특히 여자들의 미적 감각은 대부분 비슷했다.

'쳇, 잘생긴 건 알아가지고!

저녁 식사 시간이 훌쩍 지났음에도 불구하고 용호객잔은 다양한 연령층의 여인들로 가득 차 있었다.

그 여인들은 모두 약속이라도 한 듯이 황홀한 눈빛으로 탁자를 닦고 있는 점소이만 바라보고 있었다.

그래서 소이현의 고운 아미가 찌푸려졌다.

으드득.

어이, 아줌마들.

집에 가서 남편 밥이나 해주지?

대체 왜 여기 모여서 밍기적거리고 있느냐고 소리라도 지르고 싶었지만 소이현은 소심하게 이를 가는 것으로 대신했다.

그리고 그녀는 사뿐사뿐 걸음을 옮겨 점소이를 향해 다가갔다.

한 걸음, 또 한 걸음.

듬직한 그의 등이 점점 다가온다.

저 등에 얼굴을 묻으면 얼마나 포근할까.

코끝을 살짝 자극하고 있는 그의 땀 냄새마저도 향기롭게 느껴져서, 다시 심장이 두근거리기 시작한다.

주책없이 거칠게 뛰고 있는 심장박동 소리가 행여나 들리지 않을까 하는 걱정이 들 정도로.

"저 왔어요."

몇 번을 망설이다 그의 어깨를 가볍게 건드리며 소이현이 말했다.

그 순간이었다.

객잔 안에 자리를 잡고 앉아 있던 모든 여인들의 시선이 일제히 쏟아진 것은.

질투, 시기, 부러움. 심지어 살기까지.

갖가지 감정들로 뒤섞여 있는 눈빛들을 담담히 받아내던 소이현이 우쭐하며 어깨를 으쓱할 때였다.

씨익.

그가 웃었다.

“아!”

박꽃같이 하얗고 고른 치아.

웃을 때마다 살짝 드러나는 보조개.

눈매가 초승달처럼 휘어지는 눈웃음.

게다가 신비로운 분위기를 물씬 풍기는 눈동자를 마주하고 나자 소이현의 입술이 다시 벌어졌다.

‘심장이 터질 것 같아!’

그저 웃은 게 전부였다.

하지만 자신의 의지와 상관없이 고장난 것처럼 빠르게 뛰고 있는 심장박동 소리를 들으며 소이현의 얼굴이 잘 익은 사과처럼 붉어질 때였다.

“어서 옵쇼.”

그가 말했다.

낮고 진중하면서도 어딘가 따스함이 묻어나는 목소리.

그의 목소리가 귓가로 파고들자 다시 황홀한 감정이 깃들었다.

마치 그의 달콤한 입김이 귓가를 간질이는 것처럼 짜릿한 흥분까지 밀려들었고.

그러나 소이현은 이내 눈을 깜박였다.

‘어서 와요’도 아니고 ‘어서 옵쇼’라니.

한 올의 감정도 섞여 있지 않은 무심하고 사무적인 말투가 소이현의 가슴속에 생채기를 남겼다.

“농담이죠?”

“물론 진담입니다.”

“……?”

“저희 용호객잔을 찾아주신 것을 진심으로 환영합니다.”

혹시나 농담을 던진 게 아닐까 하는 생각이 들어서 되물었지만, 그는 잠시도 고민하지 않고 대답했다.

그것이 더욱 소이현의 가슴을 아프게 후벼 팠다.

‘어떻게 나한테 이럴 수가 있지?’

지난 일주일.

그녀는 단 하루도 빼놓지 않고 용호객잔으로 찾아왔다.

그 일주일 동안 그의 환심을 사기 위해 온갖 선물과 애정 공세를 아끼지 않았다.

실제로 지난 이레 동안 그에게 건넨 선물들을 은자로 환산하면 못해도 백 냥은 훌쩍 넘어갈 터였다.

게다가 소이현은 낙양에서 가장 아름다운 열 명의 여인을 이르는 낙양십화 중 한자리를 당당히 차지하는 미녀였다.

어디 그뿐인가?

드넓은 낙양에서도 열 손가락 안에 꼽히는 거부 중의 거부인 소중탁의 하나밖에 없는 딸이기도 했다.

다시 말해 미모와 재력을 모두 갖춘 여자였다.

그런 그녀에게 수많은 사내들의 구애가 밀려들었던 것은 당연지사.

하지만 콧방귀를 뀌면서 그 끈질긴 구애들을 뿌리쳤다.

그렇게 오랜 시간 동안 꿋꿋이 지켜왔던 자존심까지 바닥에 내팽개치고 먼저 그에게 접근했다.

그 덕분에 드디어 그와 안면을 트는 데 성공했다.

그리고 오늘 객잔의 영업을 마치면 근처 주루에서 간단한 술자리를 가지기로 약속까지 받아냈었는데.

"날… 진짜 몰라요?"

밀려드는 모욕감과 분노를 죽을힘을 다해 참아냈다.

하지만 목소리가 가늘게 떨리는 것은 어쩔 수 없었다.

아랫배에 힘을 주고 간신히 쥐어짜 낸 목소리로 마지막으로 질문을 던졌던 소이현의 표정이 다시 밝아졌다.

"물론 알고 있습니다."

사근사근한 목소리로 그가 꺼낸 대답을 듣고서.

'역시 날 기억하고 있었어!'

조금 전에 느꼈던 모욕감과 분노는 한순간에 사라져 버렸다.

그 빈자리는 밀려드는 기쁨과 우월감으로 대신 채워졌다.

부러움과 질투가 담긴 시선들이 쏟아지는 것을 느끼며, 축처졌던 소이현의 어깨에 다시 힘이 잔뜩 들어갈 때였다.

"저희 용호객잔을 찾으신 손님이시죠."

이번에도 농담일까.

아니, 이번에는 농담이 아니었다.

농담이라고 여기기에는 지금 그의 표정이 너무 진지했다.

다시 한 번 밀려드는 배신감과 모멸감으로 인해 소이현의 입술이 바들바들 떨리기 시작했다.

"나한테 어떻게… 어떻게 이럴 수가 있어?"

"……."

"나쁜… 사람!"

입술을 지그시 깨문 채 소이현이 돌아섰다.

그러자 입꼬리를 말아 올린 채 비웃고 있는 여자들이 보였다.

너무 창피했다.

이곳에 더 머물다가는 간신히 참고 있던 눈물이 터져 나올 것 같아서 그녀는 마치 뛰듯이 발걸음을 빨리했다.

"여기 빈자리가 났는데."

"필요없어!"

"그렇다면 손님, 다음에 또 찾아주세요."

그런 그녀의 등 뒤로 다시 그의 목소리가 들려왔다.

그리고 그 이야기를 듣고서 더 참지 못하고 그의 앞으로 다가갔다.

짝.

소이현이 그의 뺨을 때렸다.

그러나 분이 풀리지는 않았다.

두 손으로 얼굴을 가린 채로 달려나가는 소이현의 어깨가 들썩이며 두 눈에서 참고 참았던 눈물이 기어이 터져 나왔다.

그리고 그녀가 멀어질 때까지 멍하니 서서 붉게 부어오른 뺨을 어루만지고 있던 그가 혼잣말처럼 중얼거렸다.

"대체 무엇 때문에 손님의 마음이 상하셨는지 몰라도… 저희 용호객잔을 다시 찾아주세요."

팔랑.

다시 한 장의 책장이 넘어갔다.

역시 시간을 때우는 데는 이야기책만 한 것이 없었다.

벌써 두 시진째 꿈쩍도 않고 중원 영웅들의 화려한 삶과 모험을 기록해 놓은 이야기책을 읽고 있던 용사등은 목 뒤가 뻐근해져 오는 것을 느끼고 기지개를 켰다.

그런 그의 시선이 행주를 오른손에 들고 빈 탁자를 바쁘게 훔치고 있는 천유강에게로 향했다.

'저놈 덕분에 밥을 안 먹어도 배가 부르네!

용호객잔의 주인인 용사등이 흐뭇한 미소를 머금었다.

불과 한 달 전만 해도 용호객잔은 파리를 날렸다.

벌써 몇 해째 이어진 불경기 탓에 모두가 힘들다고 한탄하고 있었지만, 용호객잔은 그 정도가 심했다.

온종일 객잔 문을 열고 있어도 기껏해야 한두 명의 뜨내기 손님이 찾아오는 것이 전부였으니까.

그래서 용사등이 용호객잔의 폐업에 대해서 심각하게 고

민하고 있던 찰나에 천유강이 찾아왔다.

그리고 천유강이 점소이로 일하기 시작한 이후, 용호객잔에는 거짓말처럼 파리 대신 사람들이 꼬이기 시작했다.

'내가 전생에 나라를 구한 것이 틀림없어. 암, 그렇지 않다면 저런 복덩이가 저절로 굴러들어 왔을 리가 없지.'

상황이 이러하니 어찌 웃음이 나오지 않을까.

해실해실 입가가 풀렸다.

흐뭇한 미소를 짓고 있던 용사등은 천유강이 처음 용호객잔을 찾아왔던 당시의 기억을 떠올렸다.

"그게 아마 한 달 전이었지?"

그날따라 유난히 손님이 없던 날이었다.

여느 때와 다름없이 계산대에 앉아서 이야기책을 읽으며 꾸벅꾸벅 졸고 있던 용사등은 객잔의 문이 열리는 소리를 듣고 벌떡 일어났었다.

그리고 객잔 안으로 들어선 천유강을 처음 보고서 입을 쩍 하고 벌렸었다.

용사등의 나이 쉰둘.

갖은 풍상을 겪고 수많은 사람들과 부대끼며 어느덧 오십 줄에 접어든 그였지만, 단연코 저렇게 잘생긴 사내는 본 적이 없었다.

오죽했으면 청하루 제일의 기녀인 묘선이를 옆에 앉혀두었을 때도 뛰지 않던 가슴이 천유강을 보고서 다시 뛰었을까?

그저 한 끼 식사를 해결하기 위해서 우연히 들른 뜨내기손 님이라 짐작했던 것과 달리 천유강은 탁자에 앉지 않았다.

대신 계산대 앞에서 눈곱도 떼지 못하고 입을 쩍 벌리고 있 던 자신에게 다가와 뜻밖의 청을 꺼냈다.

허드렛일이라도 좋으니까 용호객잔에서 일을 하고 싶다 고.

처음에는 거절하려 했다.

어딘가 모르게 기품이 잘잘 흐르는 저 탁월한 외모의 소유 자가 고작 용호객잔에서 허드렛일을 하는 것이 어울리지 않 는다는 판단을 내리고.

하지만 천유강은 쉽게 고집을 꺾지 않았다.

대체 무슨 이유인지 몰라도, 죽어도 용호객잔에서 일을 해 야 한다고 고집을 부렸었다.

그래서 결국 못 이긴 척 받아들였다.

물론 아무 생각 없이 받아들인 것은 아니었다.

"작은 장사치는 눈앞의 이득만을 쫓고, 큰 장사치는 눈앞의 이득보다 사람을 얻어 미래의 이득을 쫓으려 한다. 하지만 진정 한 거상은 여인들의 마음, 여심(女心)을 잡기 위해 애쓰는 법이 다."

언제였던가.

워낙 오래전이라 정확히 기억나지는 않지만, 용사등이 존경해 마지않던 아버지께서 임종 직전에 용호객잔을 물려주며 남긴 유언이었다.

여심을 잡아야지만 장사에서 성공할 수 있다는 그 유언을 그는 오랫동안 가슴속에 품고 살아왔다.

그러나 이전까지는 그 유언을 실천에 옮길 엄두도 내지 못했다.

용호객잔의 얼굴이라 할 수 있는 점소이 용팔.

두 눈은 쭉 찢어져서 단춧구멍과 크기를 경쟁하고 있고, 숨을 쉴 때마다 벌렁거리는 들창코는 콧속 내용물을 훤히 드러냈다.

덤으로 광대뼈가 불쑥 튀어나오고, 웃을 때마다 누렇게 변색된 뻐드렁니가 드러나는 용팔의 외모로 여인들의 마음을 잡을 수 있을 리 없었다.

아니, 용호객잔의 문앞까지 찾아온 여인들의 발걸음을 돌려세워 버릴 정도로 용팔은 못생겼다.

오죽했으면 세간에 용팔이 자신의 숨겨둔 아들이라는 소문까지 났을까.

그러나 이제는 상황이 백팔십도 달라졌다.

천유강이라면 충분히 경쟁력이 있었다.

아니, 무조건 통한다는 판단이 들었다.

그저 서 있는 것만으로도 그림이 되었으니까.

저 정도라면 허름한 옷을 입고 음식이 담긴 쟁반을 들고 다
닌다 하더라도 여심을 뒤흔들기에 충분하다는 확신까지 들었
다.

그리고 용사등이 가진 확신은 빗나가지 않았다.

세상에서 가장 빠른 것은 입소문이었다.

용호객잔에 전설상의 미남인 송옥과 반안의 뺨따귀를 때
리고도 남을 정도의 절세미남 점소이가 새로 들어왔다는 소
문은 무서울 정도로 빠르게 퍼졌다.

그리고 그 결과가 지금이었다.

저녁 식사 시간이 훌쩍 흐른 시간임에도 불구하고 객잔 안
은 손님들로 북적이며 빈자리를 거의 찾아볼 수 없었다.

물론 대부분의 고객은 천유강을 보기 위해서 찾아온 여인
들.

손님이 늘면 주문이 늘어나고 그에 덩달아 매상도 무서울
정도로 늘어나는 것은 당연한 수순이었다.

"확장 공사를 해야 하나? 아니, 급한 대로 마당에 천막을
치고 손님을 더 받을까? 어쨌든 이런 상황이 조금만 더 이어
진다면 곧 분점도 낼 수 있겠어."

불과 한 달 전까지만 해도 용호객잔의 폐업까지 심각하게
고민했던 용사등이었는데, 지금은 분점을 낼 궁리까지 하고
있었다.

상황이 이러하니 어찌 천유강이 예뻐 보이지 않을까.

아직 일이 손에 익지 않아서인지 걸레질이 서툴고 음식이 든 접시를 깨뜨리는 일이 다반사였지만, 그 정도야 웃으며 넘길 수 있었다.

서툰 걸레질은 못생긴 용팔에게 맡기면 그만이었고, 그깟 접시 몇 장 정도야 새로 사면 되니까.

하지만 예외도 있었다.

아무리 천유강이 예뻐 보인다 하더라도 용서할 수 없는 것도 있었다.

그건 바로 지금이었다.

조금 전까지 행주를 들고서 탁자를 훔치고 있던 천유강이 행주를 손에 든 채로 그의 앞으로 다가왔다.

그리고 초점이 사라진 멍한 눈빛으로 물었다.

"난… 누구죠?"

흐뭇한 웃음을 짓고 있던 용사등이 정색한 채 소리쳤다.

"이 새끼, 또 지랄이네."

정확히 일주일에 한 번씩.

천유강은 발작했다.

"자, 오리구이 나왔다."

주방을 책임지고 있는 숙수인 장유걸이 노릇노릇 먹음직스럽게 구워진 오리구이가 담긴 접시를 내놓았다.

그 접시를 잽싸게 받아 든 용팔이 행주로 빈 탁자를 닦고 있는 천유강에게 다가가 어깨를 두드렸다.

"뭐 해?"

"시키신 대로 탁자를 닦고 있는데요."

"그건 됐어. 이런 허드렛일은 내가 할 테니까 넌 이거나 가져다줘. 저기 아주머니 두 분이 앉아 있는 곳이야."

"하지만 이건……."

"허드렛일은 내가 한다니까. 조금 더 오래 일했다고 해서 신입에게 허드렛일을 모두 맡길 정도로 나쁜 놈은 아니야."

"그러지요."

자신의 배려에 감동한 걸까.

천유강은 오리구이가 담긴 접시를 받아 들며 가볍게 고개를 숙였다.

그리고 아주머니 두 분이 앉아 있는 탁자로 걸어가는 천유강을 바라보던 용팔이 한껏 기대에 찬 눈빛으로 바라보았다.

아니나 다를까.

"주문하신 요리가 나왔습니다."

탁자 위에 오리구이를 내려놓은 천유강이 돌아서려 했지만, 그게 쉬울 리 없었다.

스윽.

어느 틈엔가 다가온 곱상한 손 하나가 천유강의 손을 슬그머니 움켜쥐고 있었다.

"그럼 그렇지, 순순히 보내줄 리가 없지. 그나저나 정씨 아저씨는 자기 마누라가 저러고 다니는지 아는지 몰라."

이미 용호객잔에서 점소이로 일한 지 오 년째로 접어드는 용팔이었다.

지금 천유강의 손을 양손으로 꼭 움켜쥔 채 어루만지고 있는 여인이 누군지 당연히 알고 있었다.

근방에 위치한 상원표국에서 표사로 일하고 있는 정두언의 부인이었다.

"마누라가 여기 와서 저러는 것도 모르고 목숨을 내놓고 산적들과 싸우고 있을 정씨 아저씨가 불쌍하네. 쯧쯧."

천유강이 은근슬쩍 잡힌 손을 빼내자 그녀의 두 눈에 아쉬운 감정이 깃들었다.

그것을 확인하고서 용팔이 혀를 찼다.

"하긴 모르는 게 나을지도 모르지."

그런 용팔의 두 눈에서 강렬한 안광이 뿜어져 나왔다.

조금 전까지 천유강의 손을 움켜쥐고 어루만지고 있던 그녀의 손바닥 위에는 반짝이는 은자 두 개가 올려져 있었다.

'뭘 망설여, 얼른 받아!'

그 은자를 보자마자 눈이 번쩍 뜨여서 소리라도 지르고 싶었다.

하지만 차마 그러지는 못하고 마음속으로 필사적으로 외치고 있던 용팔과 천유강의 시선이 순간 부딪쳤다.

'뭐 하고 있어? 줄 때 받아!'

어찌해야 할지 모르겠다는 듯 갈등하는 눈빛으로 자신을 바라보는 천유강을 향해 용팔은 갖은 인상을 쓰며 입만 벙긋거렸다.

다행히 그 입 모양을 알아본 걸까.

천유강이 그 은자들을 낚아채고 품속에 넣는 것을 확인하고서야 용팔이 안도의 한숨을 내쉬었다.

그러나 아직 안도하기는 일렀다.

정두언의 부인과 함께 용호객잔을 찾은 여인이 남아 있었다.

그리고 용팔은 이 여인에 대해서도 잘 알고 있었다.

용호객잔이 자리 잡고 있는 낙양에서도 몇 손가락 안에 꼽히는 거부인 황 노야의 다섯 번째 첩.

사내들의 가슴을 설레게 할 정도로 반반하게 생긴데다가, 색기가 자르르 흐르는 교태로운 눈웃음을 치고 있던 여인이 손을 뻗었다.

스윽.

그 여인이 노린 것은 천유강의 손이 아니었다.

눈가에 색기가 자르르 흐르는 여자는 뭔가 달라도 확실히 달랐다.

망설이지 않고 과감하게 다가온 여인의 고운 손은 은근슬쩍 천유강의 허벅지를 더듬고 있었다.

"얼굴은 곱상한데 허벅지는 말근육이네!"

'얼씨구!'

근육으로 덮인 탄탄한 천유강의 허벅지를 쓰다듬으며 황홀한 표정을 짓고 있는 여인을 바라보던 용팔이 고개를 절레절레 흔들었다.

"황 노야가 숟가락 들 힘도 없다는 소문이 사실인가 보네."

뭐, 그깟 것은 상관없었다.

황 노야가 숟가락을 들 힘도 없어서 말년에 새로 얻은 다섯 번째 첩에게까지 성은을 베풀 체력이 없다는 것은 중요하지 않았다.

용팔의 모든 신경은 저 여인이 천유강의 허벅지를 쓰다듬은 대가로 대체 무엇을 내놓을 것인가에 쏠려 있었다.

그래서 뚫어져라 바라보던 용팔이 침을 꿀꺽 삼켰다.

"저건 황금!"

갓난아이 주먹만 한 황금 덩어리를 내놓다니.

거부로 소문난 황 노야의 다섯 번째 첩답게 통이 컸다.

'냉큼 받아 챙겨!'

용팔이 속으로 간절히 외쳤다.

그 간절한 외침은 이번에도 통했다.

반짝이는 은자에 이어 누런 황금 덩어리까지 받아 챙긴 천유강은 보무도 당당하게 자리로 돌아왔다.

그리고 용팔은 마치 전쟁에서 승리를 거두고 돌아오는 개선 병사를 맞이하듯이 반가이 다가갔다.

"잘했다, 내 새끼!"

"네?"

"큼, 큼. 하나씩 배워가면서 진정한 점소이로 성장하는 모습을 옆에서 지켜보다 보니 자식 같은 느낌이 들어서 한 말이니까 신경 쓰지 마. 그보다 넌 덜렁거려서 잃어버릴지도 모르니까 일단 내가 보관하고 있을게."

"네."

"그리고 전에도 말했지만, 청소하고 잡일 같은 것은 내가 맡아서 할 테니까 앞으로 넌 주문만 받아."

"항상 신경 써주셔서 감사합니다."

"뭐, 이깟 걸 가지고."

천유강은 감동받은 표정을 짓고 있었다.

하지만 용팔은 진심이었다.

은자와 금덩어리들을 잘 보관하고 있다가 다시 돌려준다는 약조를 했지만, 어디까지나 말뿐이었다.

지금까지 관찰한 결과, 천유강의 기억은 고작 일주일에 불과했다.

대체 무슨 병에 걸린 건지는 몰라도, 정확히 일주일에 한 번씩 기억을 잃어버렸다.

그런 병에 걸려 있으니 자신이 무엇을 맡겨두었는지 기억할 리가 없었고, 돌려달라고 할 리도 없었다.

다시 말해서 천유강이 맡겨둔 모든 것은 자신의 것이 되는 것이었다.

노다지도 이런 노다지가 없었다.

그리고 천유강 덕분에 오 년 차 점소이 월봉과는 비교할 수 없을 정도로 엄청난 돈을 벌고 있는데 이깟 잡일을 맡길 수야 없는 노릇이었다.

피식.

자꾸만 새어나오는 웃음을 억지로 참지 않고 흘리면서 용팔이 삐드렁니로 황금 덩어리를 깨물어보고 있을 때였다.

짝.

요란한 소리에 놀라 고개를 돌리자, 지난 열흘간 하루도 빼놓지 않고 찾아왔던 소이현에게 뺨을 얻어맞는 천유강의 모습이 보였다.

얼마나 분했던지 소이현은 눈물을 글썽이고 있었다.

그리고 그것으로 모자라 콧김까지 씩씩 내뿜으며 객잔 밖으로 달려나가는 소이현을 지켜보던 용팔이 아쉬운 표정으로 입맛을 다실 때였다.

"난… 누구죠?"

왼쪽 뺨이 부어오른 채 멍한 표정을 짓고서 다가온 천유강이 던진 질문을 듣고 지체하지 않고 대답해 주었다.

"누구긴 누구야. 내가 가장 아끼는 용호객잔의 직속 점소이 후배이자 보물이기도 한 천유강이지."

"천유강… 천유강……."

자신의 이름을 기억하기 위해서 혼자서 몇 번씩이나 되뇌고 있는 천유강을 안쓰러운 눈길로 바라보던 용팔이 물었다.

"아프냐?"

말없이 고개를 끄덕이고 있는 천유강에게 용팔이 덧붙였다.

"나도 아프다."

물론 이것도 용팔의 진심이었다.

지난 며칠간 못해도 은자 백 냥 이상을 뿌렸던 소이현을 떠나보내는데 가슴이 아프지 않을 리 없었다.

"점소이 주제에 왜 주방에 들어오고 지랄이야?"

용호객잔의 주방을 책임지고 있는 숙수인 장유걸이 주방 한 켠에 쪼그리고 앉아 있는 천유강을 발견하고 호통을 쳤다.

얼굴의 반을 덮고 있는 덥수룩한 수염.

상대방에게 저절로 위압감을 느끼게 만드는 부리부리한 눈매.

족히 칠 척에 이르는 큰 키와 근육으로 덮인 거구.

게다가 인상까지 험악하기에 어지간한 배포를 가진 자들조차도 장유걸이 인상만 써도 먼저 눈을 피하기에 급급했다.

하지만 천유강은 달랐다.

생긴 건 기생오라비마냥 곱상한데 신기할 정도로 겁이 없었다.

지금도 마찬가지였다.

미간을 잔뜩 찌푸린 채로 호통까지 쳤지만, 천유강은 겁을 집어먹고 시선을 피하는 대신 빤히 바라보고 있었다.

그리고 시킨 대로 주방에서 나가기는커녕 오히려 자신의 곁으로 다가왔다.

'이 자식, 대체 뭐야? 호랑이 간이라도 삶아 먹었나?'

천유강의 대응은 장유걸이 예상치 못한 것이었다.

그래서 미간에 자리 잡고 있던 주름이 한층 깊어질 때, 천유강은 어느새 코앞까지 다가와 있었다.

그리고 불쑥 질문을 꺼냈다.

"왜 절 싫어하세요?"

예기치 못한 질문에 장유걸은 언성을 높였다.

"그냥 네놈이 싫다! 사람이 사람을 싫어하는 데 무슨 이유가 있겠느냐?"

당혹스러움을 감추기 위해 일단 버럭 소리를 지르긴 했지만 이건 거짓말이었다.

장유걸이 천유강을 싫어하는 데는 이유가 있었다.

그중 가장 큰 이유를 꼽자면 어지간한 여자들보다도 더욱 곱상한 천유강의 외모 때문이었다.

좋게 말하면 사내다운 외모.

나쁘게 말하면 산적 두목을 연상케 하는 우락부락한 얼굴로 인해 장유걸은 마흔이 가까워 오는 지금까지도 장가를 들어 가정을 꾸리지 못하고 혼자였다.

물론 태생적으로 여자를 싫어하는 것은 아니었다.

문제는 얼굴이었다.

어쩌다 마음에 드는 여자를 만났을 때도 말 한 번 제대로 붙여보지 못했다.

호감을 갖고 근처에 다가가기만 해도 잔뜩 겁에 질려서 도망치기에 급급하니, 마땅한 수가 있을 리 없었다.

또래의 다른 이들이라면 자신이 꾸린 가정의 곰 같은 마누라와 여우 같은 자식이 가장 우선일 터.

하지만 아직까지 혼자서 살고 있는 장유걸은 달랐다.

하루 일과를 마치고 집으로 돌아가 봐야 함께할 가족이 없는 장유걸에게 있어서 목숨만큼 소중한 것은 요리였다.

그런 만큼 용호객잔의 주방은 그의 전부라 해도 과언이 아니었다.

한데 지금 눈앞에 서 있는 천유강은 장유걸이 가장 소중히 여기는 요리를 모독했다.

객잔의 성패가 갈리는 가장 큰 요인은 음식의 맛.

그것은 어느 누구도 부인할 수 없는 사실이었다.

하지만 이놈은 고작 곱상한 외모를 무기로 객잔에 여자 손님들을 끌어들이는 저급한 짓이나 하는 하찮은 놈이었다.

그러니 좋아할 수 있을 리 없었다.

"꼴도 보기 싫으니 썩 나가거라!"

더 이상 상대하고 싶지 않았다.

그래서 장유걸이 더욱 언성을 높였지만, 천유강은 여전히 겁먹은 기색도 없이 화덕 앞으로 다가갔다.

긴 쇠꼬챙이에 끼워진 껍질이 벗겨진 오리 한 마리가 노릇하게 구워지고 있는 화덕 앞으로 다가간 천유강은 화덕을 슬쩍 건드렸다.

그것을 확인한 장유걸이 두 눈에 쌍심지를 켰다.

하찮은 점소이 주제에.

감히 자신의 전부라고 해도 과언이 아닌 주방에서 천유강이 설치는 것을 그는 용납할 수 없었다.

"지금 뭐 하는 짓이냐?"

진심으로 화가 치솟았다.

그래서 장유걸이 솥뚜껑처럼 커다란 손을 번쩍 들어 올려 천유강의 등짝을 막 후려치려는 순간이었다.

"맛이 없대요."

"지금… 뭐라고 했느냐?"

"손님들이 그러는데 태평루의 오리구이는 씹히는 질감이 쫄깃하고 육즙이 가득하대요."

"그런데?"

"우리 객잔의 오리구이는 질기고 타박하기만 해서 씹는 맛이 없대요. 더구나 육즙도 썰물처럼 다 빠져나갔대요."

천유강의 등을 노리고 기세 좋게 떨어져 내리고 있던 손이 멈칫했다.

그와 동시에 장유걸의 얼굴이 붉게 달아올랐다.

태평루(太平樓)는 낙양에 존재하는 족히 수백에 이르는 객 잔들 중에서도 최고라고 손꼽히는 객잔이었다.

당연히 주방을 맡고 있는 자도 최고라 불리기에 손색이 없 는 자였다.

신설수(神舌手) 모방인.

신의 혀와 손놀림을 지녔다고 해서 모방인의 이름 앞에는 늘 신설수(神舌手)란 별호가 붙었다.

게다가 모든 숙수들의 꿈인 황궁 숙수까지 지냈던 인물이 었다.

그런 모방인이 만들어내는 음식과 장유걸이 만들어낸 음 식을 비교한다면 손색이 없을 리 없었다.

인정하고 싶지 않았지만… 이건 인정해야 했다.

"그럴 수밖에 없지."

"왜요?"

"태평루의 주방을 책임지고 있는 신설수 모방인은 뛰어난 숙수다. 감히 나 따위와는 비교할 수 없을 정도로. 음식의 맛 을 좌우하는 재료를 손질하는 법과 양념을 사용하는 법, 거기 다 조리법까지 어느 한 부분도 난 그를 따라갈 수 없다. 그중 에서도 특히 조리법은 죽었다 깨도 따라갈 수 없지."

"조리법요?"

“그래, 굳이 설명하자면 바로 불을 사용하는 법이지. 화력(火力)의 차이가 음식 맛의 차이를 만드니까.”

장유걸이 짤막한 한숨을 내쉬며 대답했다.

불을 사용하는 법이라고 조금은 모호하게 설명했지만 쉽게 말하면 불의 세기를 조절하는 법이었다.

특히 육류를 조리할 때는 가능한 강한 불에 짧은 시간 동안 노출시키는 것이 무엇보다 중요했다.

그래야만 겉은 바삭하게 구워지지만 속살은 부드럽게 만들 수 있으며, 육즙도 빠져나가지 않게 할 수 있으니까.

이것은 장유걸을 비롯한 대부분의 숙수들이 알고 있는 기본 중의 기본.

그러나 차이가 발생하는 것은 그 기본에서부터였다.

강한 화력을 만들어내는 숯을 찾아내고 이용하는 방법은 숙수들 사이에서는 비전 중의 비전이었기 때문이다.

“얼마나 화력이 강해야 하는데요?”

침통한 표정을 짓고 있던 장유걸이 다시 인상을 썼다.

슬슬 귀찮아지기 시작했다.

요리에 대해서 아는 것이라고는 쥐뿔도 없는 점소이 주제에, 자꾸만 이런저런 질문을 던져 대는 것이 그렇지 않아도 불편한 심기를 자꾸 건드리고 있었다.

“대부분의 사람들은 불은 모두 붉다고 알고 있다. 하지만 차이는 엄연히 존재한다. 붉은색 불꽃, 그러니까 적화(赤火)

보다는 파란색을 띠는 불꽃인 청화(靑火)가 더욱 온도가 높
고, 백설처럼 하얀색을 띠는 백화(白火)가 가장 뜨거운 법이
다.”

“그래요?”

“알아들었으면 이제 나가거라!”

장유걸이 퉁명스레 소리쳤다.

그리고 잠시 내려놓았던 식칼을 다시 움켜쥘 때였다.

“그럼 청화를 만들면 되잖아요?”

“그걸 누가 모르느냐? 그 방법을 모르기 때문에 할 수 없는
것이지.”

“그래요?”

“다 대답해 주었으니 썩 꺼지거라.”

더 대꾸하기 귀찮아서 언성을 높이던 장유걸이 두 눈을 부
릅떴다.

뜨거운 불길이 치솟고 있는 화덕.

워낙 열기가 뜨거워 범인이라면 근처에 다가가는 것조차
도 어려운 화덕 앞으로 천유강은 머뭇거리지 않고 다가갔다.

그리고 그것으로 모자라 겁도 없이 화덕 안으로 손을 불쑥
밀어 넣었다.

“이런 미친놈!”

장유걸이 버럭 소리를 질렀다.

제정신이 아닌 놈이라는 것은 어렴풋이 알고 있었지만, 이

리도 무모할 것이라고는 꿈에도 예상치 못했다.

저 뜨거운 화덕에 손을 집어넣다니.

큰 화상을 입을 것이 자명했다.

아니, 고작 그 정도로 끝나지 않으리라.

자칫 잘못하면 다시는 손을 쓰지 못하게 될지도 모른다는 판단이 들어서 정신이 아득해졌다.

해서 식칼을 내팽개치고 달려가려던 장유걸이 움찔하며 멈추었다.

"이 정도면 될까요?"

화상을 입고서 죽을 만큼 고통스러워할 거라 예상했는데.

장유걸의 짐작은 틀렸다.

천유강은 눈 하나 깜짝하지 않았다.

게다가 천유강이 손을 밀어 넣은 화덕의 불꽃이 일렁이고 있었다.

아까와 색이 바뀐 채로.

'청화(靑火)?

장유걸이 몇 번이나 눈을 비볐다.

그러나 잘못 본 것이 아니었다.

화덕에서 힘껏 피어오르고 있는 불꽃은 선명한 파란색이었다.

그것도 시선을 떼기 힘들 정도로 아름다운.

뭔가에 홀린 사람처럼 선명한 파란색 불꽃을 노려보고 있던 장유걸은 한참 만에야 정신을 차렸다.

"어떻게… 어떻게 한 것이냐?"

장유걸이 평생을 찾아다닌 비법.

그런데 그 비법을 아무렇지도 않게 펼치는 천유강으로 인해 장유걸은 흥분하지 않을 수 없었다.

별것 아니라는 듯이 씨익 웃고 있는 천유강의 곁으로 다가간 장유걸이 멱살을 움켜쥐고 대답을 재촉했다.

"어떻게 했냐니까?"

"그냥요."

"그냥?"

그냥이라니.

말도 안 되는 소리였다.

저 파란색 불꽃을 만들어낸 것이 우연일 리 없었다.

천유강만의 특별한 방법이 틀림없이 있을 터였다.

"실없는 소리 하지 말고 어서 비법을 말해보거라!"

하지만 그 흥분은 이내 싸늘하게 식었다.

"난… 누구죠?"

초점없는 시선으로 질문을 던지고 있는 천유강의 멱살을 움켜쥐고 있던 손을 장유걸은 풀어버렸다.

그리고 힘없이 대답했다.

"몰라, 이 새끼야. 그런데 나도 그게 궁금해 죽겠다."

“내놔.”

주방 보조는 물론이고 객잔의 허드렛일을 혼자 도맡아 하고 있는 문우령이 불쑥 손을 내밀었다.

“뭘?”

“돈 말이야.”

“돈? 아, 그건 벌써 용팔 형님에게 맡겼는데.”

그 손을 바라보며 고개를 갸웃거리고 있던 천유강이 웃으며 대답했다.

“야, 이 바보야!”

그 대답을 듣자마자 문우령이 앞으로 내밀고 있던 작고 하얀 손을 부들부들 떨면서 소리쳤다.

“나한테 한 말이야?”

“그래. 다시는 용팔이 그 사기꾼에게 돈을 맡기지 말라고 몇 번이나 말했잖아. 기억 안 나?”

“응, 기억 안 나.”

천유강은 순순히 고개를 끄덕였다.

그 모습을 확인한 문우령이 주먹을 말아 쥐고 가슴을 두드렸다.

불과 하루 전에 말한 것을 어찌 벌써 잊을 수 있을까.

그래서 답답한 표정을 짓고 있던 문우령이 도끼를 집어들었다.

장작이라도 패서 화풀이를 해야만 이 화가 가라앉을 것 같아서.

쿵.

장작을 향해 문우령이 휘두른 도끼가 떨어져 내렸다.

힘이 모자라서일까.

장작에 반쯤 파고든 도끼를 낑낑거리며 빼낸 후, 다시 휘두르고 나서야 장작은 겨우 반 토막이 났다.

그러길 얼마나 지났을까.

유난히 하얀 문우령의 이마에 땀이 송골송골 맺혔다.

소매를 들어서 그 땀을 닦아내던 문우령이 미간을 찌푸렸다.

천유강은 떠나지 않았다.

오른손에 행주를 쥔 채로 쪼그리고 앉아서 문우령이 장작을 패고 있는 모습을 물끄러미 구경하고 있었다.

"뭘 봐?"

아직 화가 덜 풀린 탓에 퉁명스레 물었다.

"잘하네."

하지만 속도 없는지 천유강은 씨익 웃으며 대답했다.

그 웃는 얼굴을 바라보던 문우령의 얼굴이 붉게 상기되었다.

"큼, 큼!"

이내 헛기침을 하며 고개를 돌린 문우령이 쏘아붙였다.

"아무 때나 실실 쪼개지 말랬잖아."

“언제?”

“사흘 전에 그랬잖아!”

“그것도 기억이 안 나.”

“아주 장하다. 까마귀도 너보단 머리가 좋을 거다.”

어지간히 쏘아붙였지만 천유강의 입가에 머물러 있는 웃음은 떠나지 않았다.

‘성격이 좋은 건지, 멍청한 건지.’

속으로 혀를 끌끌 차면서도 문우령은 환하게 웃고 있는 천유강의 얼굴에서 쉽게 시선을 떼지 못했다.

슬쩍 곁눈질로 살피고 있던 문우령은 마침 천유강과 시선이 부딪치자 헛기침을 하며 서둘러 도끼를 움켜쥐었다.

“궁금한 게 있는데.”

“뭔데? 까마귀가 너보다 머리가 좋은 이유를 설명해 달라는 거야?”

“난… 누구야?”

“천유강!”

“천유강… 천유강…….”

잊지 않기 위함인 듯 천유강이 자신의 이름을 몇 번이나 되뇌는 것을 보던 문우령이 짤막한 한숨을 내쉬며 말했다.

“나도 궁금한 게 있는데.”

“뭔데?”

“넌 대체 정체가 뭐야?”

천유강은 쉽게 대답을 하지 못하고 머리만 긁적였다.

여전히 바보처럼 웃음을 지은 채로.

"하긴 자기 이름도 제대로 기억하지 못하는 너한테 이렇게 어려운 것을 물은 내가 잘못이지."

문우령이 고개를 절레절레 흔들면서 다시 장작이나 패려 할 때였다.

"내 정체가 뭔지 알아."

"뭔데?"

문우령이 기대에 차서 물었다.

"용호객잔의 점소이!"

잠시 기대로 물들었던 문우령의 두 눈은 다시 실망한 기색으로 바뀌었다.

그러나 화를 내지는 않았다.

저 웃고 있는 얼굴을 보고 있자면 차마 화를 낼 수가 없었다.

괜히 가슴도 떨렸고.

"다른 건 모르겠고 두 가지만 기억해. 할 수 있겠어?"

"응."

"대답은 넙죽넙죽 잘하네. 그렇게 바보같이 웃지만 말고 명심하도록 해. 이건 정말 중요한 거니까."

"말해봐."

"일단 용팔이를 믿지 마. 그놈한테 절대 돈을 줘서는 안 돼. 맡아준다고 하지만 절대 돌려주지 않을 거니까. 알았어?"

"알았어."

"그리고 다른 하나는 손님들, 아니, 손님은 무슨. 너 보려고 찾아오는 아줌마들이 네 손이나 엉덩이를 만지려고 하면 가만히 있지 말고 화를 내."

"왜?"

"그야… 그래, 쉬운 남자는 매력이 없으니까."

천유강이 고개를 끄덕였다.

하지만 문우령은 별 기대를 하지 않았다.

어차피 며칠만 지나면 다시 잊어버릴 것이 분명했으니까.

쓴웃음을 짓고 있던 문우령이 다시 도끼를 들었다.

요즘 들어 객잔에 손님이 늘어나서 일거리가 부쩍 늘어난 상황이었다.

어서 장작을 패놓고서, 미뤄놓은 일들도 서둘러 해치워야 했다.

그렇지만 아직 하고 싶은 말이 남아 있었다.

'할까? 말까?'

몇 번을 망설이던 문우령이 결국 용기를 냈다.

어차피 천유강은 며칠만 지나면 지금 한 말을 기억하지 못할 테니 괜찮을 것이라는 생각이 들어서.

"그리고 마지막으로 이것도 기억해."

"뭔데?"

“네가 여기 찾아와서… 무척이나 기뻐.”

“그래.”

“이건 진짜 중요한 거니까 절대 잊어버리면 안 돼.”

“알았어. 걱정하지 마!”

천유강은 나름 비장한 표정을 지은 채 고개를 끄덕였다.

그러나 별 기대는 하지 않았다.

문우령이 쓴웃음을 지은 채 도끼를 쥔 손에 다시 힘을 더했다.

쿵.

힘이 떨어진 탓일까.

도끼는 장작의 반도 파고들지 못하고 박혔다.

문우령이 낑낑거리며 도끼를 빼내서 다시 휘두르려고 할 때, 유심히 지켜보던 천유강이 슬쩍 입을 뗐다.

“도끼를 너무 높이 들어 올리지 마. 그런다고 해서 힘이 더 들어가는 건 아니니까. 도끼를 낮추고 무릎을 더 굽혀.”

“네가 뭘 안다고.”

“알 건 다 알아!”

“웃겨!”

“이리 줘봐.”

천유강이 순식간에 도끼를 낚아챘다.

콰직.

그리고 문우령이 말릴 새도 없이 도끼를 휘둘렀다.

그런데 천유강이 별로 힘도 들이지 않고 휘두른 것 같은 도끼는 단번에 장작을 반으로 쪼갰다.

"어… 어……."

너무 놀라서 입을 벌리고 있는 문우령을 향해 씨익 웃은 천유강은 잡을 새도 없이 객잔 안으로 들어갔다.

그리고 후원에 혼자 남겨진 문우령이 멍한 표정으로 혼잣말을 했다.

"진짜 궁금해서 묻는 건데… 넌 대체 정체가 뭐야?"

第二章
넌 대체 정체가 뭐냐?

넌 대체 정체가 뭐냐?

“난 누굴까?”

천유강이 두 눈을 감은 채로 한숨을 토해냈다.

벌써 몇 번씩이나 던진 질문이었지만, 그때마다 돌아온 대답이 달랐다.

“이 새끼 또 지랄이네.”

우선 용호객잔의 주인인 용사등은 벌컥 화를 내며 대답했다.

평소에는 늘 인자한 표정으로 웃고 있던 그가 이렇게 정색하면서 화를 낸 것은 처음 보았다.

물론 이유도 알 수가 없었다.

다만 이런 질문을 던진 것이 한두 번이 아니기에 저렇게 화를 내는 건지도 모른다는 짐작만 할 뿐이었다.

"네 이름은 천유강, 내가 가장 아끼는 직속 점소이 후배이자 보물이기도 하지."

다음으로 대답해 준 것은 용팔이었다.

왜 보물이라는 건지는 알 수가 없었다.

하지만 중요한 것은 알 수 있었다.

자신의 이름이 천유강이라는 사실.

그 외에도 주방을 맡고 있는 장유걸과 주방 보조와 허드렛일을 맡고 있는 문우령에게도 물었지만 딱히 기대했던 대답은 돌아오지 않았다.

"몰라, 이 새끼야!"

"나도 그게 궁금해 죽겠다!"

장유걸은 언제나처럼 화를 벌컥 내며 소리쳤고, 문우령은 오히려 정체가 무엇이냐고 되묻기까지 했다.

"나도 모르겠네."

두 눈을 감은 채 문지방에 기대앉아 있던 천유강이 미간을 찌푸렸다.

가슴이 답답했다.

나이는 몇일까.

어디서 태어났을까.

용호객잔에 오기 전엔 뭘 했을까.

잘하는 건 뭘까.

부모님은 어디 계실까.

아니, 살아 계시긴 하실까 등등.

궁금한 것들이 한둘이 아니었다.

하지만 뭔가를 떠올리려고 아무리 애써봐도 전혀 떠오르는 것이 없었다.

마치 머릿속의 기억들을 누군가가 통째로 들어내 버린 것처럼.

그리고 기억을 떠올리기 위해 애쓰면 애쓸수록 머리만 아파왔다.

'왜 이러지?'

평소에는 멀쩡한데 자신의 과거에 대해서 기억을 떠올리려고만 하면 머리가 깨질 것처럼 아팠다.

이를 악물고, 손톱이 손바닥을 뚫고 파고들 정도로 주먹을 꽉 움켜쥐고서 두통을 참으며 버텨보려 했지만 헛수고였다.

결국 기억을 되찾을 작은 실마리조차 찾지 못한 채 감았던 눈을 떴다.

그리고 처마 아래 앉아 있던 천유강이 쓴웃음을 지으면서 신발을 벗을 때였다.

툭. 데구루루.

'뭐지?'

신발 사이에 끼워져 있던 꼬깃꼬깃 접힌 종이가 바닥으로 굴러 떨어졌다.

그 종이를 집어든 천유강이 조심스럽게 펼쳤다.

종이 위에는 깨알 같은 글씨로 글들이 적혀 있었고, 천유강은 호기심을 감추지 못하고 적힌 글들을 읽어 내려가기 시작했다.

9월 4일.

빌어먹을. 아무것도 기억나지 않는다. 마치 머릿속이 하얗게 변해 버린 것처럼. 처음 이곳에서 일하기 시작한 것은 약 한 달 전부터라고 한다. 그전에 내가 어디서 뭘 했고, 대체 무얼 하던 사람인지는 아무도 가르쳐 주지 않는다. 아니, 이 사람들도 모른다고 한다. 모두 약속이라도 한 것처럼 똑같은 대답이다. 혹시나 모두 짜고서 내게 거짓말을 하는 게 아닐까 하는 의심도 해 봤지만 그건 아닌 것 같다. 그 정도로 똑똑하거나 악독한 사람들은 아닌 것 같다.

아참, 혹시 몰라서 적어두는 거지만 내 이름은 천유강이다.

9월 5일.

내가 일하고 있는 용호객잔 주인의 이름은 용사등이다. 이곳에서 일하도록 선뜻 허락해 준 고마운 사람이다. 먹고 자는 시간을 제외하고는 하루 종일 계산대에 앉아서 책만 들여다본다. 아니, 눈이 토끼처럼 빨갛게 충혈된 것으로 봐서 밤에도 잠을 자지 않고 책을 보는 것 같다. 궁금해서 무슨 책이냐고 물어도 빙긋 웃을 뿐 대답을 해주지 않는다.

아무래도… 춘서인 것 같다.

9월 6일.

이곳에서 점소이로 일한 지 벌써 오 년이나 흘렀다는 용팔이란 점소이는 무척이나 착한 사람인 것 같다. 허드렛일이나 힘든 일을 새로 들어온 나에게 시킬 만도 한데 모두 자기가 도맡아서 하는 걸로 봐서.

그런데 조금 못생기기는 했다. 아, 정확한 사실만 기록하기로 약속했으니까 정정한다.

용팔은… 많이 못생겼다.

9월 7일.

주방에서 일하는 장유걸은 성격이 별로다. 덜떨어진 놈과는 이야기도 섞고 싶지 않다나. 대체 왜 날보고 덜떨어진 놈이라고 하는지는 모르겠다. 어쨌든 주방에서 쫓겨났다. 괜히 버티다가 하마터면 식칼에 찔릴 뻔했다.

주방 보조 겸 허드렛일을 도맡아 하는 문우령은 조금 이상하다. 내가 아무 짓도 하지 않았는데도 벌컥 화를 내기 일쑤다. 그리고 내가 웃을 때마다 얼굴이 벌겋게 상기된다. 내가 비웃는 것도 아닌데 왜 혼자서 얼굴까지 벌게져서 화를 내는지 모르겠다.
아무래도 주방을 맡고 있는 장유걸과 마찬가지로 날 좋아하지
않는 것 같다.

뭐, 상관없다.

9월 8일.

용사등은 요즘 기분이 좋은 것 같다. 입가에서 웃음이 떠나지
않는 걸로 봐서. 원래 성격이 좋은 사람인 건가? 혹시 몰라서 물
어봤는데 용팔은 아니라고 했다. 그럼 재밌는 춘서라도 찾아낸
건가? 춘서꽝이니 그럴 수도 있겠다.

아참, 오늘은 어떤 아줌마에게서 돈을 받았다. 허벅지를 만진
대가라며 넌지시 건넨 돈인데 받고 싶지 않았다. 그런데 선배인
용팔이 여기서는 다 그렇게 하는 거라고 받아두라고 했다. 그리
고 잃어버릴지도 모른다며 돈까지 대신 맡아주었다.

허벅지를 어루만진 대가로 돈을 건네다니.

낙양의 객잔들은 원래 다 이런 건가?

다른 건 모르겠지만… 선배인 용팔이 참 좋은 사람인 것은 틀
림없다.

9월 9일.

손님들이 점점 많아진다. 신기한 것은 손님들이 전부 여자라
는 것이다. 그 이유는 나도 모르겠다. 그런데 더 이상한 것은 어

쩌다 나와 시선이 마주치면 모두 실실 웃는다. 내 얼굴에 뭐가 묻은 것도 아닌데.

오늘은 하마터면 그릇을 깰 뻔했다. 그릇에 남은 물기 때문에 손이 미끄러져서 그릇을 놓쳤는데 용케 바닥에 떨어지기 전에 받아냈다. 그걸 지켜본 용팔이 대단하다며 엄지를 치켜세웠다.

내 반사신경은… 내가 생각해도 괜찮은 편이다.

9월 10일.

용팔이 그동안 맡아둔 돈을 돌려주는 날이다. 사실 돈이 딱히 필요하진 않지만 받아둘 생각이다. 아참, 그러고 보니 오늘은 이상하게 머리가 더 아프다.

대체 왜 이렇게 머리가 아픈 걸까.

종이 위에 깨알 같은 글씨로 적힌 글을 모두 읽은 천유강이 멍한 표정을 지었다.

내용으로 봐서는 자신이 쓴 것이 틀림없었다.

게다가 적혀 있는 날짜를 보면 불과 하루 전의 일까지 나름대로는 소상하게 기록되어 있었다.

그런데 왜일까.

이 글들을 적었던 기억이 전혀 떠오르지 않았다.

물론 지금 종이 위에 적혀 있는 일들이 그 당시에 있었던가 조차도 전혀 떠오르지 않았다.

아니, 고작 그 정도가 아니다.

어린 시절부터 지금까지의 기억이 하나도 없었다.

마치 머릿속이 하얗게 변해 버린 것처럼.

"대체 뭐가 어떻게 돌아가는 거지?"

지금 천유강에게는 불과 두 시진 전부터 지금까지의 기억이 전부였다.

답답했다.

또 모든 것이 혼란스럽기만 했다.

그리고 다시 머리가 아파왔다.

금방이라도 깨질 것처럼 아픈 머리를 부여잡고 있던 천유강은 문득 궁금해져서 혼잣말을 중얼거렸다.

"그런데… 맡겨둔 돈은 받았나?"

용호객잔의 개점 시간은 진시 말이다.

인근에 위치한 다른 객잔들이 점심 식사를 위해 찾아오는 손님을 받기 위해 사시 말경에 문을 여는 것과 비교하면 약 한 시진은 이른 시간에 개점하는 것이었다.

"일찍 문 연다고 해서 손님이 있는 것도 아닌데."

물론 용팔은 시도 때도 없이 다른 객잔에 비해 이른 시간에 개점하는 것에 대해 불만을 토로했다.

그때마다 용사등은 어울리지도 않는 문자까지 써가면서 단호히 대답했다.

“조기조득포충의(早起鳥得捕蟲矣)란 말이 있다. 일찍 일어나는 새가 벌레를 잡아먹는 법이란 뜻이지.”

어려운 문자까지 써가며 말했지만, 정작 이유는 따로 있었다.

워낙 장사가 안 되니 아침 식사를 거르고 장거리 여행을 떠나는 장사치들을 노리고 일찍 문을 여는 것이었다.

“잡아먹을 벌레는커녕 파리 한 마리도 없구만. 괜히 일찍 일어나면 배만 더 고픈 법이라니까요!”

그래서 그때마다 용팔은 퉁명스레 대꾸했지만, 요즘은 입을 꾹 다물었다.

벌레, 아니, 손님이 많았으니까.

아직 객잔의 문을 열기 전임에도 불구하고 객잔 밖에서 기다리는 손님들로 인해 만들어진 줄이 길게 늘어서 있었다.

“참, 오래 살다 보니 이런 날도 다 있네!”

밀려드는 손님들은 모두 돈!

돈이 넝쿨째 굴러들어 오자 기쁨을 참지 못하고 웃느라 입이 귀에 걸린 용사등을 힐끗 살핀 용팔이 창문을 열어젖혔다.

“여자들은 분을 바르는 데 시간이 엄청 많이 걸린다는데. 다들 남편 아침밥은 해주고 여기 오는 건가?”

굳이 말해봐야 입만 아프겠지만, 줄을 길게 늘어서 있는 손님들은 모두 분을 곱게 바른 여자들이었다.

그래서 용팔이 고개를 절레절레 흔들며 콧방귀를 뀔 때, 객잔 밖에서 기다리던 여자들이 술렁이기 시작했다.

심지어 몇몇은 손까지 흔들기도 했고.

"뭐야? 내 얼굴만 봐도 그리 좋은가? 하긴 내가 사내답게 생기긴 했지."

"지랄하네!"

말도 안 되는 착각에 빠져 허우적대던 용팔은 기어이 용사등에게 뒤통수를 한 대 얻어맞고 정신을 차렸다.

기분이 상해서 입술을 삐죽이다가, 그제야 곁에 서 있는 천유강을 발견했다.

"잘났네."

이건 인정할 수밖에 없었다.

사내인 용팔이 봐도 천유강은 잘났다.

금방 자다 깨서 눈곱 몇 개 정도 눈가에 붙이고 있어도 전혀 흠이라 여겨지지 않을 정도로.

그래서 한참 동안 시선을 떼지 못하고 감탄하다가 용사등에게 뒤통수를 한 대 더 얻어맞았다.

"너, 안 비켜?"

"왜요?"

"전에도 말했지? 우리 유강이 곁에 나란히 서 있지 말라고. 너 때문에 객잔의 매상 떨어지면 네가 책임질래?"

용팔이 입술을 삐죽 내밀었다.

하지만 용사등이 이렇게 윽박지르는 것이 이해가 안 가는 건 아니었다.

용호객잔의 매상에 목숨을 걸 정도로 악착같은 용사등이니까.

그러나 용팔도 쉽게 물러나지 않았다.

"왜 하나만 알고 둘은 몰라요?"

"내가 뭘 몰라?"

"제가 여기 서 있는 데는 다 이유가 있어요."

"그래, 그 이유가 뭔지 들어나 보자. 또 쓸데없는 소리를 늘어놓으면 뒤통수를 얻어맞을 줄 알아."

"제가 이렇게 곁에 서 있으면 가뜩이나 잘생긴 우리 신입 점소이가 더 두드러져 보일 것 아닙니까?"

"그러니까 비교 우위?"

"그렇죠. 이런 걸 전문 용어로 비교 우위라고 합죠."

나름 일리가 있다고 생각해서일까.

용사등이 흡족한 표정으로 고개를 끄덕이는 것을 확인한 용팔이 뻐드렁니를 드러내며 웃었다.

"우리 신입 점소이가 손이라도 한 번 흔들어주면 아주 까무라치겠네!"

용팔이 실실 웃으며 꺼낸 말은 현실이 되었다.

천유강이 창문을 닦기 위해 걸레를 들고 팔을 뻗어 흔들자, 몇몇 아줌마들이 입에 거품을 문 채로 주저앉았으니까.

"주책맞기는!"

코웃음을 치던 용팔이 객잔의 문을 열었다.

그리고 언제나처럼 힘차게 인사했다.

"오늘도 이렇게 이른 시간부터 저희 용호객잔을 찾아주셔서 감사합니다. 자, 추운 데 서 계시지 말고 어서 들어오시죠."

용팔의 환영 인사와 함께 용호객잔의 문이 열렸다.

여느 때와 다름없이 객잔 내부는 순식간에 손님들로 가득 찼다.

손님이 많으니 그만큼 주문이 많은 것도 당연지사.

객잔의 구성원들 모두가 바삐 움직이기 시작했다.

물론 그중에서도 가장 바쁜 것은 천유강이었다.

이유는 하나.

용팔이 주문을 받으러 탁자 앞으로 다가가거나 음식을 내가면 백이면 백 싫은 내색을 드러내기 때문이었다.

잔뜩 인상을 쓰는 것은 기본이었고, 다시는 용호객잔을 찾지 않겠다는 협박도 일삼기 일쑤였다.

심지어 멀쩡한 음식을 입맛이 떨어졌다는 이유로 다시 해오라는 억지까지 부리니 천유강이 혼자서 주문을 받고 음식까지 내갈 수밖에 없었다.

물론 그 정도라면 견딜 만했다.

그러나 천유강을 진짜 힘들게 하는 것은 따로 있었다.

"어머나, 손도 어쩜 이리 부드러울까."

"저 코 좀 봐. 어쩜 저리 크고 잘생겼을까. 코가 크면 거기 물건도 크다던데. 직접 확인해 볼 수도 없고."

"허벅지가 말근육이야."

"엉덩이가 어쩜 이렇게 작고 탄탄할까. 그냥 콱 깨물어주고 싶네."

손을 움켜쥐고 쓰다듬는 것은 예사였다.

예고도 없이 불쑥 튀어나온 손이 허벅지를 쓰다듬거나 엉덩이를 꽉 움켜쥐는 것도 다반사였다.

거기다 부끄러움도 모르는지, 얼굴을 붉게 달아오르게 만들기에 충분한 음담패설(淫談悖說)도 스스럼없이 내뱉었다.

화가 나지만 어쩌겠는가.

고객은 왕이라는 영업 방침을 고수하고 있는 용사등은 그 일련의 과정들을 하나도 빼놓지 않고 다 보았지만 못 본 척하며 싱글거리고 있었다.

그리고 점소이 직속 선배인 용팔은 이 상황을 말리기는커녕 오히려 부럽다는 표정까지 짓고 있었다.

허벅지까지는 내주고 엉덩이만 지키는 작전(?)으로 간신히 버티던 천유강이 겨우 한숨을 돌린 것은 반 시진이 흘러 아침 장사가 거의 마무리된 즈음이었다.

그러나 여전히 쉴 틈은 없었다.

　소매를 들어 이마에 맺힌 굵은 땀방울을 닦아내던 천유강은 주방장인 장유걸에게 팔목을 잡힌 채 주방으로 끌려갔다.

　"다시 해봐라."
　"뭘요?"
　"며칠 전에 했던 것!"
　장유걸이 다짜고짜 소리쳤다.
　하지만 불과 하루 전의 일도 기억이 나지 않는 천유강이 며칠 전에 뭘 했는지 기억하고 있을 리 없었다.
　그리고 장유걸 역시 천유강의 상태가 정상이 아닌 것을 알고 있었다.
　답답한 표정을 짓기는 했지만 천유강을 화덕 앞으로 끌고 갔다.
　화덕 앞으로 다가가자 후끈한 열기가 밀려들었다.
　"더운데!"
　"그럼 추울 줄 알았느냐?"
　화덕에서 전해지고 있는 열기로 인해 천유강이 주춤했지만, 장유걸은 아랑곳하지 않고 재촉했다.
　"전에 했던 것처럼 청화를 만들어보거라."
　"청화요?"
　"그래, 파란색 불꽃!"

“어떻게요?”

“그걸 내가 어찌 알겠느냐? 네놈이 알지.”

“나도… 몰라요.”

잔뜩 기대에 부풀어 있던 장유걸의 두 눈이 실망감으로 물들었다.

그러나 쉽게 포기하지는 않았다.

“우선 화덕 안에 손을 넣어라.”

“이 화덕에요?”

“그래.”

“미쳤어요?”

천유강이 일고의 망설임도 없이 돌아섰다.

“아무리 내가 정상이 아니라도 저 뜨거운 화덕 안에 멀쩡한 손을 밀어 넣을 정도로 바보는 아니거든요.”

이미 천유강이 화덕 속에 손을 넣고도 멀쩡했다는 사실을 알고 있는 장유걸은 답답해서 팔짝 뛸 노릇이었다.

“넌 할 수 있다. 내가 장담하마.”

하지만 천유강도 단호히 대답했다.

“저 아직 미치지는 않았거든요.”

“미친놈!”

“안 미쳤다니까요.”

청화를 만들어내는 비법을 알아내기 위해 천유강을 끈질기게 꼬드기던 장유걸이 결국 포기한 채 식칼을 들었다.

치사한 새끼.

'혹시 알면서도 안 가르쳐 주는 것 아냐?'

의심이 생겼다.

슬그머니 화도 났다.

장유걸은 치미는 화를 애꿎은 닭에게 풀었다.

콰직.

허공으로 높이 솟구쳤다가 기세 좋게 도마 위로 떨어져 내린 식칼이 닭의 모가지를 단칼에 잘라냈다.

장유걸은 노련한 솜씨로 피를 빼낸 후, 능숙한 칼질로 배를 가르고 부위별로 잘라내서 순식간에 닭 한 마리의 손질을 마쳤다.

그때, 천유강이 곁으로 다가왔다.

"무슨 일이냐?"

"부를 땐 언제고."

"시끄럽다. 왜 아직 안 나갔느냐?"

원하던 비법을 얻지 못해서 이미 심사가 뒤틀린 상황이었으니 고운 말이 나올 리가 없었다.

그래서 장유걸이 퉁명스레 대꾸했지만, 천유강은 이상한 소리를 지껄였다.

"그렇게 하면 안 돼요."

"또 무슨 소리냐?"

"닭이 다 상했잖아요."

‘응?

 장유걸이 미간을 찌푸린 채 손질한 닭을 찬찬히 살폈다.

 홧김에 식칼을 휘둘렀기에 혹시 자신이 실수한 것이 있는가 해서 살펴보았지만, 평소와 다를 바가 없었다.

 그때였다.

 장유걸이 손질한 닭을 살피느라 미처 신경을 쓰지 못한 사이 천유강은 어느새 식칼을 움켜쥐고 있었다.

 “당장 그 칼을 내려놓지 못하겠느냐?”

 장유걸이 버럭 소리를 질렀다

 요리를 하는 숙수에게 있어 식칼의 의미는 남달랐다.

 굳이 비교를 하자면 무인의 병기나 서생의 붓과 다를 바 없었다.

 그래서 당장에 식칼을 내려놓으라고 소리쳤지만 천유강은 아무것도 들리지 않는 듯 식칼을 휘둘렀다.

 콰직.

 허공에서 떨어져 내린 식칼이 단칼에 닭의 모가지를 베어 냈다.

 “이 새끼가 진짜…….”

 더 참을 수가 없었다.

 그래서 주먹을 날리려던 장유걸은 뭔가 이상함을 느끼고 멈칫했다.

 위화감이랄까.

당연히 있어야 할 무언가가 보이지 않았다.

그리고 한참 만에야 장유걸은 자신이 느끼고 있던 위화감의 정체를 알아챘다.

"피가… 나지 않아!"

단칼에 닭 모가지를 잘라냈건만 단 한 점의 피도 튀지 않았다.

'왜지?

장유걸은 어느새 들어 올렸던 주먹을 늘어뜨렸다.

그리고 아직 끝나지 않은 천유강의 손에 들린 식칼의 움직임을 뭔가에 홀린 듯 바라보았다.

닭을 손질하는 것을 본 것은 처음이었다.

아, 이건 확실하지 않다.

어쩌면 전에도 본 적이 있었지만 기억나지 않을 수도 있으니까.

그런데 이상했다.

장유걸이 만류하기도 전에 식칼을 낚아채고 손잡이를 움켜쥔 순간, 무척이나 익숙한 느낌이 들었다.

마치 몸에 착 맞는 옷을 입은 것처럼.

잠시 눈을 감고서 조금 전에 장유걸이 닭을 손질하던 모습을 떠올렸다.

요리를 한 경력이 길어서인지 닭을 손질하던 그의 칼질은 능숙했다.

딱히 흠을 잡을 곳이 거의 없을 정도로.

그런데 천유강이 보기에는 어딘가 마뜩찮게 여겨졌다.

'이유가 뭘까?'

곰곰이 생각해 보았다.

그리고 한참 만에야 그 이유를 알 수 있었다.

바로 결(決)이었다.

도도하게 흘러가는 장강의 물줄기에도, 한 점의 빈틈도 없어 보이는 통나무의 등치에도, 심지어 머리카락을 스치고 지나가는 바람까지도.

세상 만물에는 모두 결이 존재하는 법이었다.

굳이 의도하지 않더라도 은연중에 가장 자연스러운 방향으로 자라나고 흘러가려는 결이 존재했다.

그리고 그것은 닭도 마찬가지였다.

살점에도, 근육에도, 핏줄에도 모두 나름의 결이 존재했다.

어느 부위를 잘라야 그 결을 살릴 수 있는지가 뻔히 보이는데, 장유걸은 그것을 무시한 채 식칼을 휘둘렀다.

그래서는 손질한 부위의 고기가 상하는 것이 당연지사.

감았던 눈을 다시 뜬 천유강이 더 망설이지 않고 식칼을 휘둘렀다.

먼저 닭 모가지를 친 후, 배를 가르고, 부위별로 능숙하게 잘라 손질을 마치는 데까지 불과 일다경도 걸리지 않았다.

언제부터 지켜본 걸까.

곁에 서서 입을 쩌억 벌린 채 반쯤 넋이 나간 표정으로 구경하고 있던 장유걸의 오른손에 식칼을 쥐어주고 돌아섰다.

"넌 대체… 누구냐?"

뒤늦게 정신을 차린 장유걸이 던진 질문을 듣고 멈춰 섰다.

"알잖아요."

"……?"

"용호객잔의 신입 점소이, 천유강이란걸!"

주방문을 열고 나가기 직전에 멈칫하며 고개를 돌렸다.

여전히 놀란 표정을 지은 채 서 있는 장유걸을 바라보다 보니 갑자기 의아한 생각이 들었다.

'걸의 존재를 난 어떻게 알았을까?

그냥 우연히?

그게 가능할 리 없었다.

어디선가 체계적인 훈련을 받았기 때문에 가능했을 터.

한껏 벌린 입에서 침까지 흘려가며 반쯤 넋이 나간 채로 자신이 손질한 닭을 살피고 있는 장유걸이 그 증거였다.

'난 대체 뭘 하던 사람이었을까?

다시 치미는 호기심을 꾹 누른 채 객잔으로 나오자, 계산대에 앉아서 주판알을 퉁기고 있는 용사등이 보였다.

그런 그의 입은 귀에 걸려 있었다.

"내가 전생에 나라를 구한 게 틀림없어."

의미를 파악할 수 없는 말을 반복해서 중얼거리고 있는 용사등의 곁으로 다가가자, 순식간에 웃음기가 사라졌다.

"너, 설마?"

어딘가 경계하는 눈초리로 살피던 용사등이 잔뜩 인상을 쓴 채 물었다.

"벌써 발작하려는 것은 아니지?"

"아닌데요."

"확실해? 하긴 어제 발작했으니 아직 며칠 남았지."

그제야 안심한 표정을 지은 용사등이 다시 입을 귀에 걸었다.

"그럼 무슨 일이냐? 혹시 건의할 것이 있거나 부탁할 것이 있으면 아무 기탄 없이 말하거라. 내가 객잔 주인이라고 해서 어려워할 것은 없다. 이래 봬도 우리 용호객잔 종업원들의 복리후생에 아주 관심이 많으니까. 그리고 우리 용호객잔의 복덩이를 위해서라면 내가 무엇이든 못해줄까?"

용사등이 가슴을 탕탕 치며 호언장담했다.

그런 그에게 천유강이 입을 뗐다.

"처음 봐요."

"뭘 말이냐?"

"저 사람들요."

천유강이 손가락을 들어 밖을 가리키며 덧붙였다.

"남자 손님이 용호객잔에 오는 건 처음 봐요."

"응?"

용사등이 고개를 내밀었다.

그리고 험상궂은 인상을 한 네 명의 사내가 어깨를 건들거리며 객잔으로 다가오는 것을 확인하자마자 눈썹을 역팔자로 만들었다.

순식간에 다양한 표정 변화를 만들어내는 그를 보며 천유강이 혀를 내두를 때, 용사등이 호들갑을 떨었다.

"저들은 손님이 아니다."

"그럼요?"

"내 피 같은 돈을 빨아먹으려는 거머리들이지!"

조금 전까지 열심히 퉁기고 있던 주판알을 움켜쥔 채로 계산대 밖으로 뛰쳐나온 용사등이 재빨리 소리쳤다.

"거머리들이 몰려온다!"

그 말이 끝나기 무섭게 주방으로 통하는 문이 열리며 닭 피가 뚝뚝 떨어지는 식칼을 움켜쥔 장유걸이 가장 먼저 모습을 드러냈다.

다음으로 장작을 패던 그대로 도끼를 들고 달려온 문우령이 들어섰다.

마지막으로 어디서 구한 건지 출처를 알 수 없는 분홍색 영웅건을 이마에 두른 용팔이 비장한 표정으로 걸어왔다.

그제야 용사등이 주판을 허공으로 들어 올렸다.

그리고 마치 마교와의 전면전을 선포하는 무림맹주처럼 비장한 표정을 지은 채 목청껏 소리쳤다.

"전원 전투태세!"

第三章
배후가 어디냐?

배후가 어디냐?

용호객잔

펄럭.

해질 대로 해진 용호객잔의 깃발이 바람에 날렸다.

바람이 조금만 더 세차게 불면 찢어져 날아가 버릴 것처럼
낡은 깃발을 슬쩍 살핀 염두악이 비릿한 미소를 지었다.

"얼른 끝내고 가자!"

사실 귀찮았다.

어제 술을 진탕 퍼마신 탓에 머리가 아프기도 했고.

원래라면 적월루에 새로 들어온 기녀인 요화 년의 토실토
실한 엉덩이를 주무르며 퍼질러 있을 시간이었을 텐데.

대형이 직접 자신을 지목해서 하명한 일이라 하지 않을 수

없었다.

하지만 이건 자신이 나설 필요도 없을 정도로 간단한 일이었다.

용호객잔.

이름은 그럴듯했다.

그런데 말 그대로 그럴듯한 것은 이름뿐이었다.

대충 살펴도 허름하기 그지없는 객잔에 들어가서 탁자와 의자를 몇 개 부수고, 강짜를 부리는 것은 식은 죽 먹기나 다름없었다.

쾅!

염두악이 굳게 닫혀 있는 용호객잔의 정문을 발을 들어 힘껏 걷어찼다.

그리고 수하 셋을 이끌고 호기롭게 객잔 안으로 들어섰던 염두악은 인상을 찌푸렸다.

'이것들, 뭐야?'

자신과 수하들의 등장에 놀라서 벌벌 떨고 있을 것을 기대했는데.

용호객잔 안의 상황은 그 예상과 전혀 달랐다.

가장 먼저 보인 것은 염소 수염의 노인이었다. 낡은 주판을 독문병기처럼 오른손에 꽉 움켜쥐고 서 있는 노인.

피죽도 못 얻어먹은 것처럼 앙상하게 마른데다 유약해 보였지만, 표정 하나만큼은 비장했다.

그러나 비장한 것은 그 표정이 다였다.

겁을 집어먹은 탓일까.

두 다리가 눈에 띌 정도로 떨리는 것은 어쩔 수 없었다.

'저러다 오줌이라도 지리겠네!'

고개를 절레절레 흔들던 염두악이 시선을 돌리자, 뻐드렁니를 드러낸 채 웃고 있는 젊은 놈이 보였다.

한 손에 마른 행주를 움켜쥐고 있는 것으로 보아 점소이가 틀림없는데, 염두악은 하마터면 토악질을 할 뻔했다.

'뭐 이런 객잔이 다 있어?'

객잔의 얼굴이라 할 수 있는 점소이를 저렇게 못생긴 놈으로 고르다니.

이건 장사를 포기한 것이나 다름없는 만행이었다.

게다가 저 못생긴 점소이가 두른 영웅건.

잘 어울리고 말고를 떠나서 이마에 두른 분홍색 영웅건은 염두악이 태어나 처음 볼 정도로 촌스러웠다.

'미적 감각 하고는!'

결국 참지 못하고 코웃음을 흘리던 염두악이 고개를 돌리자 이번에는 분칠을 한 계집처럼 얼굴이 하얀 놈이 보였다.

그리고 하얗고 곱상한 얼굴과 어울리지 않게 놈이 들고 있는 것은 도끼였다.

'날이나 제대로 선 것을 들고 올 것이지!'

언뜻 보기에는 꽤나 기세가 사나워 보였다.

하지만 도끼는 군데군데 이가 빠져 있었다.

게다가 도끼의 무게도 제대로 감당하지 못하고 양손으로 움켜쥐고 있는 모습은 엉성하기 그지없었다.

'역시 별 볼 일 없는 객잔이군!'

거기까지 확인하고서 피식 웃던 염두악이 움찔했다.

뚝. 뚝.

붉은 피가 잔뜩 묻은 식칼을 든 채 서 있는 사내를 확인하고서.

칠 척에 이르는 장신.

대체 뭘 하다 왔는지는 몰라도 땀에 흠뻑 젖은 옷 위로 드러나는 탄탄하고 우람한 근육으로 덮인 거구.

가뜩이나 험상궂은 얼굴에 왼쪽 뺨을 가로지르는 흉터까지.

'이놈은 장난 아닌데?'

본판이 험하기로는 낙양 뒷골목의 어딜 가더라도 밀리지 않는 염두악조차도 주눅이 들 정도였다.

"어디 놈들이냐?"

사내가 인상을 쓰자 왼쪽 뺨을 가로지르는 붉은색 흉터가 마치 살아 있는 것처럼 꿈틀거렸다.

"전갈파? 혈랑파? 아니면 흑거미파? 오라, 움찔하는 것을 보니 흑거미파의 조무래기들이로구나."

게다가 자신이 속해 있는 곳의 정체까지 단번에 알아맞히니, 저절로 표정이 일그러지지 않을 수 없었다.

"넌 뭐냐?"

사내와의 기 싸움에서 밀리지 않기 위해 목소리를 쥐어짜
내자 바로 대답이 돌아왔다.

"용호객잔의 주방장!"

"주방장?"

"그래."

"기껏 숙수 주제에."

"그런데 그냥 숙수가 아니라……."

"……?"

"칼질 좀 하는 숙수지!"

염두악이 비릿하게 웃었다.

본인의 입으로 칼질 좀 하는 숙수라고 밝혔지만 그 말에 겁
을 집어먹기에는 낙양 뒷골목에서 쌓아온 염두악의 경력이
너무 길었다.

'기껏해야 죽은 닭과 돼지나 손질하는 놈 주제에!'

죽은 닭과 돼지의 내장이나 손질하는 숙수와 산 사람의 뱃
가죽을 쑤셔본 파락호와는 하늘과 땅이라 해도 좋을 정도로
차이가 컸다.

이른바 실전 경험이란 것이었다.

그래서 코웃음을 칠 때였다.

슈악.

후두둑.

겁이라도 줄 요량이었을까.

험상궂게 생긴 숙수 놈이 예고도 없이 오른손에 움켜쥐고 있던 식칼을 허공에 대고 휘둘렀다.

그러자 식칼에 잔뜩 묻어 있던 닭 피가 흩뿌려지며 염두악의 얼굴에 튀었다.

"퉤에, 이 새끼가!"

미처 피하지 못하고 닭 피를 고스란히 얼굴에 뒤집어쓴 염두악이 미간을 찡그렸다.

비릿한 닭 피 냄새가 코끝으로 파고드는 순간, 염두악은 이성을 잃었다.

치열하기 그지없는 낙양 뒷골목.

거기서 염두악이 침 좀 뱉고 어깨에 힘을 주면서 지내는 것은 그저 험상궂은 얼굴만으로는 불가능했다.

그만한 실력도 뒷받침되기 때문이었다.

슈아악.

염두악이 단검을 빼들고 휘둘렀다.

하얀 잔영을 남기고 호선을 그리며 휘둘러진 단검.

"넌 뒈졌어!"

염두악이 누렇게 변색된 이를 드러내며 자신있게 소리쳤다.

그렇지만 상황은 그의 뜻대로 흘러가지 않았다.

챙.

염두악이 휘두른 단검은 숙수의 가슴을 가르고 지나가기 직전에 앞으로 내밀어진 식칼에 정확히 막혔다.

'이 새끼가!'

단검과 식칼이 부딪친 순간, 손목이 시큰거렸다.

본능적으로 한 걸음 뒤로 물러나던 염두악이 인상을 썼다.

칼 좀 쓰는 숙수란 말은 그저 빈말이 아니었다.

낙양 뒷골목을 주름잡는 어지간한 거물이라 하더라도 감히 손쓸 틈도 없이 당하는 것이 자신의 칼질이었다.

그런데 저 숙수 놈은 자신이 휘두른 단검을 식칼로 정확히 막아냈다.

게다가 한순간에 생사가 왔다 갔다 하는 위급한 상황에서도 조금도 긴장하거나 동요하지 않는 것이 빈말이 아니란 증거였다.

'우연?'

그럴 가능성은 적었다.

위험을 감수하고 한 번 더 단검을 휘두른다 해도 저 식칼에 의해 막힐 것 같다는 예감이 들었으니까.

그렇다면 역시 예사 놈이 아니었다.

'이 새끼도 사람깨나 죽여본 놈이야!'

본능이 속삭였다.

저 숙수는 위험하다고.

‘쓰벌. 저 새끼 죽이고 같이 죽을까?

염두악이 눈썹을 치켜세웠다.

거구에다가 전신이 우람한 근육으로 덮여 있었지만, 아무리 탄탄한 근육이라도 칼을 튕겨내진 못했다.

뱃가죽에 철판을 깔지 않은 이상 칼은 들어갈 것이었다.

저 숙수 놈의 실력이 만만치 않기는 했지만 목숨을 내놓고 달려들면 뱃가죽에 단검을 쑤셔 박는 것은 가능할 것 같았다.

그러나 염두악은 이내 고개를 흔들었다.

쉬운 길이 있는데 어려운 길로 돌아가는 것은 바보짓이었다.

아무리 살펴봐도 이 객잔에서 쓸 만한 실력을 가진 것은 저 숙수 하나뿐이었다.

수하들을 시켜서 저 숙수의 발을 묶어둔 사이, 이 객잔의 주인인 염소 수염 노인을 해치우는 편이 훨씬 간단했다.

‘괜한 위험을 무릅쓸 필요는 없지!’

염두악이 결정을 내렸다.

그리고 결정을 내린 이상 망설일 필요는 없었다.

염두악이 재빨리 수하들에게 눈짓을 보냈고, 그 눈짓의 의미를 파악한 수하들이 슬금슬금 움직여 숙수 놈을 포위하듯 둘러쌌다.

그 틈을 놓치지 않고 염두악이 번개같이 움직였다.

“죽고 싶지 않으면 비켜, 이 새끼야!”

촌스러운 분홍색 영웅건을 두른 놈이 엉겁결에 앞을 가로 막았지만, 시퍼렇게 빛나는 단검을 보자마자 기겁을 하고 옆으로 비켰다.

"너도 뱃가죽을 뚫어줄까?"

분칠을 한 것처럼 얼굴색이 하얀 놈이 도끼를 양손으로 움켜쥐고 막아섰지만, 그저 시늉일 뿐이었다.

쿵.

잔뜩 인상을 쓰고 있는 염두악의 협박 한마디에 꽉 움켜쥐고 있던 도끼마저 떨어뜨린 채로 바싹 얼어붙었다.

'오합지졸들!'

미리 예상했던 대로였다.

그래서 염두악의 입가에 떠올라 있던 비릿한 미소가 짙어질 때였다.

"이 거머리 새끼들아, 우리 용호객잔이 만만한 곳인 줄 알았더냐?"

숙수를 믿는 탓일까.

아직 상황 파악을 전혀 못하고 소리를 지르는 용호객잔 주인과의 거리를 순식간에 좁힌 염두악은 지체없이 단검을 휘둘렀다.

놀란 노인이 급한 대로 주판을 들어 올려 막으려 했지만, 낡아빠진 주판으로 단검을 막을 수 있을 리 없었다.

슈각.

허무할 정도로 쉽게 주판은 반 토막이 났다.

놀란 노인의 두 눈이 그제야 화등잔만 하게 커지는 것을 보며, 염두악이 단검을 쥔 손에 힘을 더할 때였다.

스윽.

누군가가 노인의 앞을 막아섰다.

'이 새끼는 또 뭐야?'

돌연 앞을 가로막는 사내로 인해 염두악이 짜증을 냈다.

하지만 그 짜증은 이내 감탄으로 바뀌었다.

'기생오라비 뺨을 치고 남을 정도로 잘생겼잖아!'

그 짧은 찰나에도 감탄이 절로 흘러나올 정도로 사내는 미남이었다.

그런데 더 놀라운 것은 사내가 불쑥 손을 내밀어 단검을 움켜쥔 것이었다.

'미친놈! 맨손으로 칼을 잡아?'

예상치 못한 대응.

그래서 염두악이 기겁할 때 노인이 객잔이 떠나가라 소리를 질렀다.

"네 얼굴이 상하면 우리 객잔은 망한다! 차라리 내가 죽게 내버려 두거라!"

단검은 예기를 흘리고 있었다.

어지간한 사람은 그 단검이 움직일 때마다 날에 반사되어 흩뿌려지는 예기를 마주하는 것만으로도 오금이 저릴 정도로 섬뜩하게.

그런데 이상하게 두렵지 않았다.

슈아악.

용사등이 들어 올린 주판을 반으로 쪼갠 것으로 모자라, 그의 얼굴 위로 떨어져 내리는 단검을 확인하자마자 천유강이 움직였다.

'막아야 돼!'

머리로 생각하고 움직인 것이 아니었다.

말 그대로 본능적으로 움직였다.

그리고 딱히 어떻게 해야겠다는 계산이 선 것도 아니었다.

그냥 손이 나갔다.

지척까지 다가온 단검을 보는 순간, 자신의 의지와 상관없이 제멋대로 손이 움직여서 그 단검을 움켜쥐었다.

차압.

순간 따끔했다.

하나 그게 다였다.

예리한 단검을 움켜쥐었음에도 손바닥을 찢고 파고들지도 않았고, 피가 배어 나오지도 않았다.

'왜?'

어쩌면 당연히 가져야 할 의문.

그러나 그 의문을 가질 틈도 없었다.

'이제 어쩌지?

아까도 말했지만 어떤 계산을 하고 움직인 것이 아니었다.

그저 본능적으로 움직여서 일단 단검을 막은 것이 다였기에 정신이 돌아오자 막막하기만 했다.

그래서 얼굴이 시뻘겋게 달아오른 채 단검을 회수하기 위해 용을 쓰고 있는 염두악을 멀뚱히 바라보았다.

물론 그 짧은 사이에도 많은 일들이 벌어졌다.

"내 돈줄!"

우선 분홍색 영웅건을 이마에 두른 용팔이 달려왔다.

왜 자신을 돈줄이라고 부르는지, 또 왜 저렇게 화를 내는지도 알 수 없었지만 용팔의 기세는 심상치 않았다.

아까까지만 해도 염두악의 기세와 그의 손에 들린 단검에 겁을 집어먹고 도망치기에 급급했던 용팔이었지만 지금은 달랐다.

오른손에 움켜쥐고 있던 마른걸레로 염두악의 안면을 후려치기까지 했다.

"야, 이 바보야! 겁도 없이 왜 나서? 진짜 죽을 뻔했잖아!"

다음은 문우령의 차례였다.

맹렬하게 달려온 문우령은 얼굴이 시뻘겋게 달아오른 채 격렬하게 화를 냈다.

하지만 이번에도 이해할 수 없었다.

왜 문우령이 눈물까지 글썽인 채로 저렇게 화를 내는지.

"나서지 말라니까. 무슨 일이 있어도 얼굴만은 다쳐선 안 된다!"

마지막은 용사등이었다.

운 좋게 생사의 고비를 넘긴 용사등은 자신의 얼굴을 주름진 손으로 매만지며 호들갑을 떨었다.

그리고 얼굴이 멀쩡한 것을 직접 확인하고 나서야 반 토막 난 주판을 들어 염두악의 머리를 후려갈겼다.

콰직.

가뜩이나 혼란스러운데, 이들로 인해 더욱 정신이 사나워졌다.

그래서 여전히 멀뚱히 서 있을 때, 분홍색 영웅건을 두른 채로 날뛰던 용팔이 마른걸레를 던지고 발길질을 했다.

빠각.

용팔이 힘껏 걷어올린 오른발이 염두악의 급소를 정확히 가격하면서 용호객잔에서 벌어졌던 한바탕 활극은 끝이 났다.

'꿈인가?'

뿌연 안개라도 낀 것처럼 사방이 흐릿했다.

두 눈에 잔뜩 힘을 주고서야 앞이 제대로 보이기 시작했다.

'아직 술이 덜 깼나?'

원래라면 두 눈에서 색기가 자르르 흐르는 요화가 보여야 하는데.

살이 토실토실 오른 요화의 엉덩이는 어디 가고 볼품없는 염소 수염을 기른 웬 노인의 주름진 얼굴이 가장 먼저 보였다.

아무래도 이상하다는 생각에 고개를 돌리려 했는데, 이상하게 목이 뻐근했다.

꼭 잠을 잘못 잔 것처럼.

그제야 염두악은 지금 자신이 종이처럼 구겨진 채로 바닥에 처박혀 있다는 사실을 깨달았다.

그리고 비로소 제정신이 돌아오기 시작했다.

'터진 거 아냐?

아까 급소를 얻어맞을 당시 뭔가 깨지는 소리가 들렸다.

지독한 고통으로 인해서 머릿속이 아득해지는 가운데서도, 그 섬뜩한 소리만은 놓치지 않았다.

마음 같아서는 당장에 하의를 벗어 던지고 확인해 보고 싶었다.

그러나 그런 기회는 주어지지 않았다.

"한주먹거리도 안 되는 놈이!"

염두악의 얼굴 위로 더러운 마른걸레가 사정없이 날아들었다.

'이 새끼, 넌 무슨 일이 있어도 내가 죽이고 만다!'

아픈 것보다 마른걸레에서 풍기는 지독한 악취를 견디기

힘들었다.

게다가 염두악은 똑똑히 기억하고 있었다.

자신의 소중한 물건에 발길질을 한 것이 저놈이란 사실을.

'뒷골목 파락호들도 거기를 공격하는 것만은 피하는 게 암묵적인 합의거늘, 감히 이런 천인공노(天人共怒)할 짓을 해놓고도 살길 바라?'

살기를 담아 눈알을 부라리자, 분홍색 영웅건을 두른 젊은 놈이 움찔하며 마른걸레를 떨어뜨렸다.

그러나 아직 끝이 아니었다.

콱, 콱.

더러운 마른걸레 공격세례가 끝나자마자 반 토막 난 주판이 연달아 머리통을 후려치기 시작했다.

'빌어먹을!'

염두악의 얼굴이 벌겋게 상기되었다.

낙양 뒷골목에서 구른 지도 어언 십오 년.

그 긴 세월 동안 산전수전을 모두 겪었다고 자부했던 그였다.

그러나 그것이 착각이었음을 인정하지 않을 수 없었다.

썩은 냄새가 진동하는 걸레로 뺨을 얻어맞고, 반 토막 난 주판으로 뒤통수를 강타당할 날이 올 것이라고 어찌 상상이나 했을까.

사실 아프지는 않았다.

그저 자존심이 상했다.

그리고 뭔가에 홀린 것처럼 혼이 쏙 빠지기 일보 직전이었다.

뺨을 때리는 걸레의 썩은 냄새와 뒤통수를 툭툭 건드리는 주판세례, 게다가 깨졌을지도 모를 자신의 소중한 물건(?)에 대한 걱정까지.

그러나 염두악의 혼을 빼놓는 데 가장 큰 역할을 한 것은 용호객잔의 주인이라 자신을 밝힌 용사등이었다.

"배후가 누구냐?"

"씨발, 그런 거 없다니까."

"흥, 버틴다고 해서 해결될 것 같으냐?"

"……."

"설마 마교냐?"

허리에 양손을 척 올리고 어울리지도 않는 비장한 표정을 지은 채 염소 수염을 실룩이는 용사등은 자꾸만 헛소리를 했다.

마교가 요즘 아무리 할 일이 없고 형편이 어려워도 이 허름하기 그지없는 객잔에 눈독을 들일까.

'노망인가?'

제발 정신 좀 차리라고 소리치려고 했지만, 용사등이 선수를 쳤다.

"그럼 무림맹인가? 요즘 우리 객잔이 잘된다는 소문을 듣고서 무림맹주가 욕심을 냈을 수도 있지."

무림맹주가 미치지 않고서야 이 허름한 객잔을 노릴까?

"무림맹주가 요즘 노망기가 있다는 소문이 돌던데!"

"진짜 돌겠네!"

짜증이 났다.

그래서 아예 눈을 감아버리고 상대하지 않기로 마음먹었을 때, 용사등이 매서운 눈빛을 쏘아보냈다.

"흐음, 마교도 아니고 무림맹도 아니다?"

"배후 같은 것 없다니까!"

"기어이 고문을 해야 털어놓을 셈이로구나."

염두악이 결국 한숨을 내쉬며 고개를 떨구었다.

차라리 벽에 대고 소리를 지르는 편이 낫다는 생각이 들었다.

이건 뭐, 전혀 말이 통하지 않는 노인이었다.

그래서 확신했다.

과대망상증에 걸린 노인이거나, 요즘 세간에 유행하는 이야기책을 너무 많이 읽어서 정신이 반쯤 나간 거라고.

이 노인의 상태가 둘 중 어느 쪽인가에 대해 심각하게 고민하고 있을 때, 어디론가 사라졌던 용사등이 다시 돌아왔다.

"쉽게 입을 열었다면 좋았을 것을."

"지금 뭐 하려는 거야?"

"아까 예고한 대로 고문을 하려는 거지. 내가 알고 있는 고문법만 해도 삼백 가지가 넘는데 그중에 어떤 걸로 해줄까?"

"……."

"살갗을 한 꺼풀 벗기고 한껏 야들야들해진 피부에 따끈한 소금물을 부어줄까? 아니면 숯불에 지져서 한껏 달아오른 쇠꼬챙이로 낙인을 찍어줄까? 그래, 그건 너무 야만적이지. 사람의 살 중에서 가장 약한 곳이 어딘 줄 아나? 바로 손톱 밑의 야들야들한 속살이지. 그 손톱 밑에다 이 장침들을 하나씩 깊숙이 틀어박아 줄 생각이야. 어디 계속 버틸 수 있으면 끝까지 버텨보던가!"

"이런 미친 노인네가!"

염두악이 마른침을 꿀꺽 삼켰다.

그리고 이 말도 안 되는 상황에서 벗어나기 위해서 발버둥을 쳤지만, 그 필사적인 몸부림은 아무 소용이 없었다.

장유걸과 용팔이 어느새 다가와서 꿈쩍도 할 수 없게 포박하고 있었다.

"설마 진짜 하려는 거야?"

"조금 아플 거야!"

검지 손톱 밑으로 뾰족한 장침이 다가왔다.

그제야 염두악은 깨달았다.

용사등이라는 이 미친 객잔 주인은 진짜 이 장침을 손톱 아래 찔러 넣고도 남을 노인이란 사실을.

'대체 여긴 어디야?'

염두악이 다시 마른침을 꿀꺽 삼켰다.

그저 허름한 객잔이라고만 들었었다.

그래서 간단한 일이라 여기고 찾아왔었다.

그런데 알고 보니 호랑이 굴이었다.

식칼을 귀신같이 쓰는 숙수에다가, 맨손으로 자신이 휘두른 단검을 움켜쥐고도 피 한 방울 안 나는 괴물 같은 점소이, 그리고 과대망상증에 걸린 것 같긴 하지만 지독한 고문을 눈도 꿈쩍하지 않고 가하려는 주인 영감까지.

"이런 개 같은 경우가……."

"태평루인가?"

"딸꾹!"

수하들이 보고 있었다.

그들의 앞에서 겁에 질려서 비명을 지를 수는 없는 노릇이기에 버럭 소리를 지르던 염두악이 도중에 입을 다물었다.

갑작스레 정곡을 찔려서일까.

딸꾹질이 절로 났다.

그리고 그 반응을 살피던 용사등의 입가로 미소가 번졌다.

"역시 태평루로군!"

"아니라니… 딸꾹!"

어떻게든 부인해 보려고 했다.

그렇지만 한 번 시작된 딸꾹질은 쉽게 멈추지 않았다.

"상대가 마교나 무림맹이라 해도 상관없다. 우리 용호객잔은 걸어오는 싸움은 피하지 않는다!"

비장한 표정을 지은 채로 다짐하듯 중얼거리는 용사등을

보며 염두악은 생각했다.

용사등이라는 저 노인도, 그리고 허름해 보이던 용호객잔도 생각보다 훨씬 만만치 않은 곳이라고.

어쩌면 잘못 건드렸을지도 모른다는 불안감이 머리를 스치는 순간, 검지 손톱 밑에서 시작된 지독한 통증이 밀려드는 것을 느끼고 비명처럼 소리쳤다.

"왜 이래?"

"아까 얘기했잖아, 고문을 할 거라고."

"씨발, 다 불었잖아!"

"늦었어!"

"이 과대망상증에 걸린 미친 늙은이야!"

염두악이 내지르는 고통에 찬 비명 소리가 그 후로도 반 시진에 걸쳐 용호객잔 내부에 울려 퍼졌다.

*　　　*　　　*

태평루의 총관인 허진석이 모락모락 김이 올라오는 차를 바라보다 고개를 들었다.

맞은편에 앉아 있는 사내를 지그시 응시하던 그가 한참 만에야 입을 뗐다.

"대체 일 처리를 어찌하는 것인가?"

싸늘한 일갈.

객잔을 찾는 손님들을 맞이하는 것이 직업인만큼 늘 입가에 푸근한 웃음이 머물러 있던 그의 표정은 평소와 달리 차갑기 그지없었다.

"면목없습니다."

고양이 앞의 쥐처럼 잔뜩 움츠린 채 앉아 있던 염두악이 모기만 한 목소리로 사과했지만, 화가 풀릴 리 없었다.

얼굴 곳곳에 들어 있는 시퍼런 멍과 고문이라도 당했는지 양손의 손톱이 모두 빠져 버린 염두악은 하루 사이 십 년은 늙어 있었다.

그러나 연민은 생기지 않았다.

지금은 그런 감정의 낭비조차도 사치였다.

태평루가 낙양에 세워진 지 삼십 년.

한때 황궁 숙수까지 지냈던 신설수 모방인이 주방을 진두지휘하며 만들어내는 뛰어난 음식 맛과 낙양 중심부에 자리잡은 최적의 입지, 종업원들의 친절한 태도로 인해 태평루는 낙양을 대표하는 객잔이 되었다.

오죽했으면 낙양을 방문했을 때 태평루를 들르지 않으면 제대로 된 낙양 구경을 한 것이 아니라는 이야기까지 생겼을 정도일까.

총 삼 층으로 이루어진 태평루는 한꺼번에 삼백 명을 넘게 수용할 수 있을 정도로 규모가 컸지만, 늘 손님들로 북적였다.

실제로 평일 저녁에도 미리 예약을 하지 않으면 자리가 없는 경우가 허다했다.

그런데 상황이 변한 것은 약 한 달 전부터였다.

태평루를 찾는 손님들의 수가 슬금슬금 줄어들기 시작했다.

처음엔 궂은 날씨와 몇 년째 이어진 불경기 탓에 찾아온 일시적인 현상이라 여기며 가벼이 넘겼다.

하지만 상황은 나아지지 않았다.

오히려 시간이 흐를수록 손님들의 수는 점점 줄어갔다.

삼 층 전체가 손님들로 가득 찼던 예전과 달리, 보름 정도 흐르자 이층과 삼층은 거의 텅 비다시피 했다.

그제야 상황이 심상치 않음을 직감한 허진석은 사태 파악에 나섰다.

그리고 얼마 지나지 않아 용호객잔에 대한 소문을 들을 수 있었다.

아니, 좀 더 정확히 말하면 용호객잔에 새로 들어온 점소이에 대한 소문이었다.

송옥과 반안의 뺨따귀를 때리고도 남을 절세미남.

요즘 말로 꽃미남이라고 불리는 신입 점소이에 대한 소문을 듣고서 허진석은 남의 일처럼 웃을 수 없었다.

오랫동안 태평루의 총관을 맡아온 그는 잘 알고 있었다.

바람을 타고 무서운 속도로 퍼지는 입소문과 예상치 못한 작은 변수가 객잔의 매출에 미치는 지대한 영향을.

그런 그의 걱정은 기우로 끝나지 않았다.

매출만큼 정확한 증거는 없었다.

하루가 다르게 급락하는 태평루의 매출이 허진석의 마음을 초조하게 만들었다.

그래서 고심 끝에 꺼내 든 패가 바로 염두악이 속한 흑거미파였다.

'근심의 싹은 미리 잘라 버리는 것이 좋지!'

그걸로 충분하다고 여겼다.

그런데 상황은 예기치 못한 방향으로 흘러갔다.

철석같이 믿었던 염두악은 실패했고, 용호객잔은 여전히 건재했다.

상황이 이러하니 염두악이 곱게 보일 리 없었고, 더듬거리면서 꺼내는 변명도 곱게 들릴 리 없었다.

"물론 이번 일에는 제 실수도 있습니다만, 일이 이 지경까지 된 데는 어르신의 책임도 있습니다."

"내게도 책임이 있다?"

"그렇습니다."

"쯧쯧, 못나도 한참 못났군. 일 처리에 실패하고 나니 궁색한 변명이라도 늘어놓아 책임을 내게 전가해 보려는 셈인가?"

"그런 게… 아닙니다."

"흥, 그럼 내 잘못이 무엇인지 어디 말해보게."

"어르신이 주셨던 정보가 틀렸습니다."

"정보가 틀렸다니, 무슨 소린가?"

"용호객잔을 그저 허름한 객잔이라 하시지 않았습니까? 하지만 직접 겪어보니 절대 평범한 객잔이 아니었습니다."

"평범한 객잔이 아니다?"

"용호객잔의 주인인 용사등은 웃는 낯으로 고문을 가할 정도로 독심(毒心)을 갖춘데다가 단번에 이번 일의 배후에 어르신이 있다는 것을 눈치챌 정도로 명석한 두뇌의 소유자였습니다. 그리고 객잔의 숙수인 장유걸은 낙양 뒷골목에서 이름 좀 날리는 제 수하 셋을 가볍게 찜쪄먹을 정도로 뛰어난 실력자였습니다. 게다가 이번에 새로 들어온 천유강이란 점소이는 제가 휘두른 단검을 맨손으로 잡고도 피 한 방울 나지 않았습니다. 제 짐작이 틀리지 않다면 엄청난 고수일 겁니다."

염두악은 침을 튀기며 열변을 토해냈다.

그러나 허진석은 각진 턱을 어루만지며 코웃음을 쳤다.

혹시나 하고 마지막까지 귀를 기울여 보았지만, 역시 일을 실패한 염두악이 늘어놓는 변명에 불과했다.

그리고 그렇게 확신하는 이유는 허진석이 이미 용호객잔에 대해 어느 정도 파악하고 있었기 때문이다.

'용사등이 독심을 갖춘데다가 명석한 두뇌의 소유자라고?'

기가 찼다.

지나가던 똥개가 웃고도 남을 말이었다.

직접 만나보았기 때문에 누구보다 잘 알았다.

용호객잔의 주인인 용사등이 현실 감각은 눈곱만큼도 없었고, 욕심만 가득한 늙은이라는 것을.

'그리고 용호객잔의 주방을 맡고 있는 장유걸이 고수라고?'

염두악은 낙양 뒷골목에서 날고 기는 자신의 수하 셋을 가볍게 찜쪄먹을 정도로 실력이 있다고 했다.

그러나 직접 보지 않아도 눈에 선했다.

워낙 간단한 일이라 귀찮게 여긴 염두악이 어중이떠중이들을 데리고 갔다가 봉변을 당했으리라.

그나마 신경이 쓰이는 것은 천유강이라는 신입 점소이였다.

'염두악이 휘두른 단검을 맨손으로 잡고도 피 한 방울 나지 않았다. 어쩌면 엄청난 고수인지도 모른다고?'

따지고 보면 이 모든 일의 원인은 바로 천유강이었다.

결국 천유강이란 놈만 처리한다면 간단히 해결될 문제였다.

'장갑이라도 끼고 있었나 보지. 아니면 염두악 이놈이 거짓말을 늘어놓고 있을 가능성도 충분하지.'

허진석은 일사천리로 판단을 내렸다.

그리고 염두악을 노려보았다.

염두악은 다시 한 번 기회를 달라고 부탁했지만, 그럴 마음
은 전혀 없었다.

한 번의 실수를 용서하고 다시 기회를 줄 정도로 허진석은
너그럽지 않았다.

'다른 방법을 강구해야겠군!'

허진석의 두 눈에 살기가 떠올랐다.

그런 그의 머릿속이 빠르게 회전하기 시작했다.

第四章
중원상왕이 되리라

용사등이 고개를 갸웃거렸다.

낙양 뒷골목에서도 꽤나 이름을 날리는 염두악이 휘두른 단검을 천유강이 손으로 움켜쥐는 것을 코앞에서 목도한 그였다.

겁도 없이 맨손으로 단검을 움켜쥔 만큼 깊은 상처가 생겨야 정상일 터.

그런데 아무리 살펴도 천유강의 손에는 생채기 하나 남아 있지 않았다.

그리고 그 이유에 대해서 용호객잔 내에서는 아까부터 설왕설래(說往說來)가 오가고 있었다.

“혹시?”

“혹시 뭔데요?”

“금강불괴지신(金剛不壞之身)이 아닐까?”

금강불괴지신은 일종의 외문 무공.

제대로 익히기만 한다면 전신이 금강석처럼 단단해져 날카로운 도검으로도 위해를 가할 수 없다고 알려져 있었다.

하지만 수련 방법이 워낙 까다롭고 어려워서 전 강호를 통틀어 찾아봐도 익힌 자를 거의 찾아볼 수 없는 외문 무공이기도 했다.

용사등이 고심 끝에 개진한 의견은 분홍색 영웅건을 이마에 두른 용팔에 의해 가볍게 묵살되었다.

“에이, 이야기책 좀 줄이라니까요.”

“뭣이?”

“가뜩이나 눈도 안 좋은 양반이 밤낮없이 이야기책만 읽으니까 현실 감각이 떨어지는 거잖아요.”

용호객잔의 주인과 일개 점소이라는 신분의 차이를 잠시 망각한 듯 용팔은 신랄하게 비판했다.

그로 인해 마음이 상한 용사등이 눈을 가늘게 뜨고 협박을 가했다.

“너, 그러다 잘린다!”

그러나 무시무시한 협박에도 용팔은 조금도 기죽지 않았다.

“왜 이래요? 지금 용호객잔이 이만큼 돌아가는 게 누구 덕분인데.”

“너 때문에 폐업할 뻔했지.”

“그래서요?”

“뭐?”

“제가 혼자 죽을 것 같아요?”

오히려 가슴을 쭉 펴고 대들기까지 했다.

신기한 것은 용사등의 반응이었다.

금방이라도 짐을 싸서 나가라고 소리칠 것처럼 서슬 퍼렇던 기세는 온데간데없이 사라지고, 주름진 눈꼬리를 파르르 떨 뿐이었다.

그에 반해 용팔의 기세는 더욱 올라갔다.

“제가 알고 있는 비밀을 어디 한번 털어놔 볼까요?”

“시끄럽다.”

“왜요? 겁은 나나 보죠?”

“쓸데없는 소리 집어치우고 네 의견이나 말해보거라.”

“의견이고 뭐고 할 것 있나요? 뻔하지요.”

“뻔하다니?”

“염두악이 사력을 다해서 휘두른 날이 시퍼렇게 서 있는 단검을 맨손으로 움켜쥐고도 멀쩡한 것이 상식적으로 가능합니까?”

“그야 납득하기 어렵지.”

"제 말이 바로 그 말 아닙니까? 어디까지나 상식적으로 생각을 하다 보면 답이 나온다니까요."

'몰상식의 극을 달리는 놈이 무슨 상식 타령이야!'

마음 같아서는 머리통을 쥐어박아 버리고 싶었다.

그러나 용사등은 꾹 눌러 참고 다시 물었다.

"그래서 답이 뭔데?"

"답은 하나지요. 바로 날이 무딘 단검이지요."

"옳거니."

시답잖은 대답을 내놓을 거라 예상했는데 용팔의 말은 일리가 있었다.

그래서 용사등은 탁 하고 무릎을 쳤고, 문우령도 납득한 듯 고개를 끄덕였다.

그 반응들을 살핀 용팔이 의기양양한 표정을 지었지만, 장유결만은 예외였다.

천유강이 그 뜨거운 화덕에 겁도 없이 손을 집어넣고도 물집조차 잡히지 않았던 사건을 장유결은 기억하고 있었다.

이번 일도 그 사건의 연장선상에서 생각해 봐야 했다.

'설마 소문으로만 듣던 강호의 고수인가?'

장유결이 천유강을 자세히 살폈다.

한창 자신에 대한 이야기가 오가고 있었지만 아무 관심 없이 행주를 들고 탁자를 훔치고 있는 천유강을 살피던 장유결이 고개를 절레절레 흔들었다.

저 바보가 강호의 고수일 리가 없었다.

용팔의 말처럼 뜬구름 잡는 강호의 영웅들에 대한 이야기 책을 너무 많이 읽어서 현실 감각이 무뎌진 것이 틀림없었다.

이게 모두 다 밤마다 독수공방(獨守空房)하는 자신에게 이 야기책을 끊임없이 건네준 용사등 때문이었다.

그래서 장유걸이 한숨을 내쉬며 입을 뗐다.

"태평루의 허 총관은 심계(心計)가 무서운 자요."

"심계가 무섭기는, 욕심만 많은 놈이지."

"이번 일이 실패로 돌아갔으니 다른 수단을 강구할 거요."

장유걸은 걱정스런 기색을 감추지 않고 드러냈지만 용사 등은 천하태평이었다.

"태평루에서 또 무슨 꿍꿍이를 꾸민다 해도 조금도 두렵지 않다! 용호객잔의 무서움을 보여주면 되니까."

"그렇지만……."

"나는 오히려 그 잘난 태평루가 우리 용호객잔을 두려워한 다는 사실이 기분 좋구나. 음헤헤헤!"

용사등이 호탕하게 웃었다.

나름대로는 흡족한 마음을 드러내기 위해 호탕하게 웃은 것이었지만 여전히 경망스럽게만 느껴지는 웃음소리를 들으 며 장유걸은 확신했다.

확실히 용사등은 이야기책을 너무 많이 읽어서 제정신이 아니라고.

계산대 위에 수북이 쌓여 있는 책들.

아예 밤을 하얗게 샌 걸까.

두 눈이 벌겋게 충혈된 채 책을 읽고 있는 용사등을 확인한 용팔이 고개를 절레절레 내저었다.

"진즉에 저렇게 공부를 했으면 대과에 합격하고도 남았을 텐데."

용팔이 비아냥거렸지만 용사등은 귓등으로 흘렸다.

아니, 지금 읽고 있는 책에 너무 집중하고 있어서 아무것도 듣지 못했다.

그 후로도 한참 독서에 몰두하고 있던 용사등이 이야기책의 마지막 장을 덮으며 벌떡 일어났다.

중원상왕(中原商王).

그가 밤을 꼬박 새어가며 읽은 이야기책의 제목이었다.

요즘 한창 유행하는 이야기책답게 허황된 내용이 많았다.

검강이니 도강이니.

한평생 장사만 열심히 한다 해도 중원의 상왕이 되기에 빠듯한 마당에 주인공은 어느새 무공까지 익혔다.

그것도 그저 그런 고수가 아니라 중원 최고수까지 되었다.

어찌 황당무계(荒唐無稽)하지 않을까.

그렇지만 쓸모없는 내용만 있는 것은 아니었다.

강호의 영웅들이 성장하고 갖은 모험을 겪고 영웅이 되는 과정을 그린 이야기책에서는 배울 것이 많았다.

그리고 그것은 '중원상왕' 이란 책도 마찬가지였다.

"중원의 상왕이 되리라!"

용사등이 두 주먹을 불끈 움켜쥔 채로 소리쳤다.

그 외침에 놀란 용팔이 탁자에 앉아서 턱을 괴고 졸고 있다가 깜짝 놀라서 의자에서 굴러 떨어졌다.

하지만 용사등은 전혀 개의치 않고 의지를 불태웠다.

어느덧 쉰이 넘은 나이.

지긋한 나이에도 꿈을 잃지 않고 정진하는 용사등의 자세는 분명 박수를 받아 충분할 정도로 훌륭했다.

문제는 그 꿈이 너무 허황된 것이라는 점이었지만.

낙양의 변두리에 위치한 용호객잔.

불과 얼마 전까지만 해도 폐업에 대해 심각하게 고민했던 자그마한 용호객잔의 주인인 용사등이 지금 중원의 상왕이 되겠다고 의지를 불태우고 있었다.

"에이, 진짜, 이야기책 좀 그만 읽으라니까요."

단잠을 방해받은 용팔이 어김없이 짜증을 냈다.

하지만 한 번 불타오른 용사등의 의지를 꺾는 것은 무리였다.

그리고 용사등은 꾀죄죄하고 어딘가 없어 보이는 겉모습

과 달리 상재가 있는데다가 결단력과 추진력이 무척이나 과 감한 사람이었다.

용팔은 물론이고 장유걸과 문우령, 심지어 천유강마저 뜬 금없다는 표정을 짓고 있었지만, 자신의 의지를 꺾지 않았다.

"용호객잔에 기회가 찾아왔다!"

"어떤 기회요?"

"중원제일의 객잔으로 발돋움할 수 있는 절호의 기회지!"

용사등은 객잔의 식구들을 한자리에 불러 모았다.

시큰둥한 반응을 보이고 있는 용호객잔의 식구들이 보였 지만 그는 전혀 의외의 제안을 꺼냈다.

"우선은 태평루를 집어삼킨다."

"태평루를 집어삼켜요?"

"그래, 용호객잔이 중원 최고의 객잔이 되기 위해서는 일 단 낙양 최고의 객잔부터 집어삼켜야 하니까."

"뭐, 틀린 말은 아니네요."

"용팔이 네가 생각해도 좋지?"

"좋긴 한데 무슨 수로요?"

"다 방법이 있지."

영 마뜩찮은 표정을 짓고 있는 용팔의 못생긴 얼굴 위로 굵 은 침을 튀겨가며 용사등이 자신에 넘치는 목소리로 외쳤다.

"너만 없어지면 된다!"

"자꾸 왜 이래요? 확 불어버린다니까요."

용팔이 볼멘소리를 할 때, 용사등이 웃으며 말했다.

"재미없는 녀석, 농담도 못하나?"

"농담이 재미도 없고 감동도 없으니 문제죠."

"각설하고, 태평루에는 없고 우리 용호객잔에는 존재하는 것이 있다."

"그게 뭔데요?"

"절세미남 점소이!"

조금 전까지 용팔에게 쏠렸던 시선이 일제히 천유강에게로 향했다.

그 쏟아지는 시선을 받은 천유강이 멀뚱히 바라볼 때 용사등이 덧붙였다.

"우리 용호객잔 비장의 무기는 미남계(美男計)다!"

투명하다 느껴질 정도로 하얀 손.

사내의 손이라고는 믿어지지 않을 정도로 하얀 손을 들어 올린 천유강이 물끄러미 내려다보았다.

"왜지?"

시퍼렇게 날이 서 있던 단검.

자신의 의지와 상관없이 손을 뻗어 그 단검을 움켜쥐었음에도 불구하고 손바닥에는 자그마한 생채기 하나 남아 있지 않았다.

용사등은 금강불괴지신이라는 해괴망측한 분석을 했고,

용팔은 염두악이 휘두른 단검에 날이 서 있지 않았다는 무성의한 분석을 내놓았었다.

하나 어느 것도 정확하지 않다는 것은 천유강이 누구보다 잘 알았다.

그리고 그 이유가 무엇이든 간에 상관없었다.

"피가… 끓었어!"

지금 천유강의 신경을 자극하는 것은 그 순간에 느낀 감정의 변화였다.

용사등이 위험에 처한 순간, 무심결에 손을 내밀었다.

염두악이 휘두른 단검이 용사등의 얼굴에 닿기 직전에 간발의 차로 그 단검을 움켜쥔 순간, 찰나에 불과했지만 짜릿한 흥분이 전신을 관통했다.

생사(生死)의 간극.

그 짧은 간극에서 느꼈던, 순식간에 피가 끓는 듯한 짜릿했던 흥분은 천유강을 혼란스럽게 만들었다.

'난… 대체 뭘 하던 사람이었지?'

다시 한 번 치밀어 오른 호기심이 천유강을 괴롭히기 시작했다.

그러나 답이 나올 리 없었다.

머릿속에서 떠오르는 것은 아무것도 없었다.

지끈지끈.

그리고 어김없이 두통이 밀려왔다.

도무지 그 원인을 알 수 없는 머리가 깨질 것 같은 지독한 두통 앞에서는 천유강도 속수무책이었다.

서둘러 자신의 과거에 대한 호기심을 접는 수밖에는.

그렇게 거짓말처럼 두통이 사라지자 쓴웃음을 지으며 오른손을 내려다보았다.

조금 전까지 용사등이 꼭 움켜쥐고 있었던 탓에 아직 따스한 체온이 남아 있었다.

그리고 비장한 표정을 지은 채 용사등이 꺼낸 말이 떠올랐다.

"어차피 죽으면 썩어 문드러질 몸이다! 그리고 어렵게 생각할 것도 없다. 정 내키지 않는다면 이렇게 생각하거라. 네가 어릴 적에 잃어버렸던 어머님과 누이들의 손을 한 번 잡아주는 것이라고. 너 하나만 희생한다면 우리 용호객잔은 태평루를 집어삼키고 낙양 최고의 객잔이 될 수 있다."

뭐, 틀린 말은 아니었다.

그냥 손 한 번 잡아주는 것은 어려운 일도 아니었으니까.

그렇지만 맘에 걸리는 것은 문우령이었다.

용사등이 그 제안을 꺼냈을 때 정작 당사자인 천유강은 가만히 있었지만 버럭 화를 낸 것은 문우령이었다.

말도 안 되는 소리라고 방방 뛰었고, 여태까지도 분이 풀리지 않는지 콧김을 씩씩 내뿜고 있었다.

콱.

콰직.

머리끝까지 쌓인 화를 조금이라도 풀 요량으로 도끼를 들고 장작을 패고 있는 문우령을 지켜보던 천유강이 말했다.

"그러다 다쳐!"

"흥!"

"몸에서 힘을 빼지 않으면 손목과 어깨, 무릎, 그리고 허리에 무리가 가서 한동안 고생할 거야!"

"아파도 내 몸이 아픈 거니까 넌 신경 끄시지!"

문우령의 목소리에서는 냉기가 풀풀 풍기고 있었다.

물론 천유강으로서는 이해가 가지 않았다.

딴에는 걱정해서 한 말임에도 불구하고 문우령의 반응은 차갑기 그지없었다.

정확히 일주일에 한 번씩 모든 기억을 잃어버려서 병신이라고 놀림받는 천유강이지만 눈치는 있었다.

괜히 곁에 있어봐야 좋은 소리를 못 들을 것 같다는 생각이 들어서 슬그머니 자리에서 일어날 때였다.

"할 거야?"

그 기척을 눈치챈 문우령이 도끼질을 멈추고 쏘아보며 물었다.

"해야지."

“왜?”

“주인어른이 시킨 거니까.”

“흥, 그 돈만 밝히는 벌레 같은 인간의 말은 그냥 무시해 버려!”

언성을 높이던 문우령은 들고 있던 도끼를 바닥에 아무렇게나 던져 버린 후 종종걸음으로 멀어졌다.

그 뒷모습을 물끄러미 지켜보던 천유강이 머리를 긁적였다.

무엇 때문인지 정확히 이유는 알지 못했지만, 조금 전에 자신을 쏘아보던 문우령의 두 눈에는 눈물이 글썽이고 있었다.

원망으로 물들어 있던 두 눈에 고여 있는 눈물을 마주한 순간, 이상하게 미안한 마음이 깃들었다.

“왜 저러지?”

하나 그뿐이었다.

왜 저렇게 화를 내는지 여전히 이유조차 짐작할 수가 없었다.

그렇게 문우령이 사라지고 나서 용호객잔의 후원에 혼자 남게 되자 천유강은 신발을 벗었다.

신발 속에 감추어두었던 돌돌 말려 있는 종이를 꺼내 든 천유강이 펼쳐 읽기 시작했다.

9월 11일.

용호객잔에 남자 손님이 찾아왔다. 아, 정정한다. 주인어른의 말을 빌자면 그들은 손님이 아니라 거머리들이다. 어쨌든 잠깐 위험한 순간이 있었지만 어렵지 않게 거머리들을 물리쳤다. 신기한 것은 주인어른인 용사등이다.

단숨에 태평루가 배후란 것을 알아내는 것으로 봐서 예사 인물이 아닌 것 같다.

참, 점심나절에 물어봤는데 용팔이 돈을 돌려줬다고 한다. 그런데 대체 어디 있는지는 모르겠다. 그리고 내가 그 질문을 던졌을 때 왜 그렇게 얼굴이 벌게져서 허둥거렸는지도 알 수가 없다.

9월 12일.

용호객잔을 위해 미남계를 쓰기로 했다. 내가 그렇게 잘생긴 건가?

뭐, 어쨌든 용호객잔에 도움이 될 수 있으니 당분간 쫓겨나지는 않을 것 같다. 지금은 어떻게든 여기서 버텨야 한다.

여기에 온 이유가 분명히 있을 테니까.

현재로서는 그 이유를 알아내는 것이 가장 급선무다.

일주일이 흘러서 어김없이 모든 기억을 잃어버린 후, 지난 이틀간의 일을 소상히 적어둔 종이를 천유강은 꼼꼼히 읽었다.

그나마 이 종이에 적어둔 내용들이 있기에 기억을 모두 잃어버려도 안심이 되었다.

현재로서는 이 종이 위에 적힌 내용들이 기억을 잃어버린 과거의 자신과 현재의 자신을 이어주고 있는 유일한 끈.

소중하게 다루어야 했다.

또한 무슨 일을 겪었을 때 소상히 기록해 두어야 했다.

그래서 천유강은 품속에서 붓을 꺼냈다.

그 붓에 살짝 침을 묻힌 천유강이 내용을 조금 추가했다.

9월 12일.

문우령은 조금 이상한 게 아니었다. 무척 많이 이상한 사람이다.

전에도 그랬지만 별다른 이유도 없이 나에게 화를 내고 툭하면 눈물을 글썽인다. 앞으로 문우령에게 말을 걸 때는 더 조심해야겠다.

그리고 새로운 사실을 하나 발견했다.

아까 봤는데… 문우령은 엉덩이가 무척 크다.

종종걸음으로 걸어가던 문우령의 커다란 엉덩이가 실룩이던 모습을 떠올린 천유강이 피식 웃었다.

용사등이 오래간만에 손에서 이야기책을 놓고 대신 붓을 들었다.

바르르.

워낙 오래간만에 붓을 쥔 탓일까.

떨리는 손으로 붓을 쥐고 잠시 망설이던 용사등은 크게 한 숨을 내쉰 후, 종이 위에 일필휘지(一筆揮之)로 글을 적어 내려가기 시작했다.

그래 봐야 괴발개발이었지만.

굵은 땀방울까지 흘려가면서 글씨를 써 내려가던 용사등은 일다경이 흐른 후에야 비로소 흡족한 표정으로 붓을 내려놓았다.

"드디어 완성했구나!"

"글씨를 보니 대과에 응시하지 않길 잘하셨네요."

용팔이 어김없이 다가와 깐죽거렸지만, 이미 그 깐죽거림에 이골이 난 용사등은 한 귀로 듣고 한 귀로 흘렸다.

"새 술은 새 부대에 담아야 제맛이지!"

용호객잔이 낙양에 터를 잡고 문을 연 지 어언 삼십 년.

그 긴 시간 동안 한 번도 손을 댄 적이 없기에 누렇게 색이 변한 차림표를 용사등은 미련없이 떼어냈다.

그리고 그 자리에 새로 만든 차림표를 붙였다.

장우육(醬牛肉):은자 두 냥

어향육사(魚香肉絲):은자 두 냥

탕초배골(糖醋排骨):은자 두 냥

청초육사(靑椒肉絲): 은자 두 냥

회과육(回鍋肉): 은자 두 냥

마파두부(麻婆豆腐): 은자 두 냥

향고유채(香姑油菜): 은자 두 냥

소면(素麪): 동전 백 문

"어떠냐? 새 객잔이 된 것 같지 않으냐?"

"그건 잘 모르겠는데, 이게 뭐예요?"

"명색이 오 년 차에 접어드는 점소이라는 놈이 딱 보면 모르겠느냐? 우리 용호객잔의 새로운 차림표지!"

"그건 알죠!"

"그런데?"

"열 있죠?"

용팔은 다짜고짜 용사등의 앞으로 다가갔다.

그리고 막무가내로 손을 들어 이마로 가져갔다.

"감히 어디에 냄새 나는 손을 갖다 대려고 하느냐?"

그 의도를 파악한 용사등이 탁 소리가 나게 그 손을 쳐냈지만, 용팔의 얼굴에 떠오른 근심 어린 기색은 사라지지 않았다.

"열은 없는 것 같은데. 그럼 벌써 노망이 찾아온 건가?"

"무슨 헛소리를 지껄이는 거야?"

결국 참지 못하고 버럭 소리를 질렀다.

그러나 그런 용사등을 걱정스레 바라보는 것은 용팔만이
아니었다.

장유걸과 문우령도 마찬가지였다.

"이걸 누가 먹는단 말이오?"

"누가 먹긴, 우리 용호객잔을 찾는 손님들이 먹지."

"하지만… 이건 너무 비싸잖소?"

장유걸의 말이 끝나기 무섭게 문우령도 끼어들었다.

"다른 건 그렇다고 쳐도 저 비싼 돈을 내고 소면을 먹을 사
람이 있겠어요? 소면에 금칠을 해둔 것도 아닌데."

다른 요리의 가격은 눈에 들어오지도 않았다.

객잔에서 가장 많이 팔리는 소면의 가격만이 눈에 들어왔
다.

보통 객잔에서 파는 소면의 가격은 동전 열 문가량.

그것은 어제까지의 용호객잔도 마찬가지였다.

그런데 불과 하룻밤 사이에 소면의 가격을 동전 백 문, 정
확히 열 배로 올렸으니 어찌 기가 막히지 않을까.

일일이 찾아다녀 보지 않아서 확실한 것은 아니지만, 전 중
원의 객잔을 모두 통틀어봐도 가장 비싼 소면일지도 모른다.

"노망이라니까."

늦지 않게 용팔까지 가세했다.

그렇게 셋이서 마음을 모아 앞다투어 맹렬한 비난을 퍼부
었지만 용사등은 눈도 꿈쩍하지 않았다.

오히려 이런 반응을 기다렸다는 듯이 흡족한 웃음까지 지었다.

"아무리 비싸도 먹을 놈은 먹는다!"

"말도 안 돼!"

"왜 말이 안 되느냐? 그리고 음식이 비싸다면 그만한 값어치가 있게 만들면 될 것이 아니냐?"

"어떻게요?"

"필요하다면 소면에 금가루라도 뿌릴 생각이다!"

"에?"

"용호객잔의 새로운 경영 전략은 바로… 고급화다!"

용사등이 단호히 선언했다.

"두고 보거라, 전에 비해 장사가 더 잘될 테니까."

"정말 그럴까요?"

"물론이다. 뭐든지 비싸면 더 좋은 줄 알고 먹는 게 사람의 심리거든."

고집스레 꾹 다물고 있는 용사등의 입매를 확인하고 나서 세 사람은 동시에 고개를 절레절레 흔들었다.

어느 누가 말릴까.

용사등의 고집은 근방에 소문이 났을 정도로 유명했다.

한 번 마음을 먹었다 하면 죽어도 흔들리지 않는 쇠심줄 고집.

그의 고집에 관해서는 그동안 수많은 일화가 있었지만, 가장 단적인 예로 눈앞에 있는 용팔이 있었다.

처음 용팔을 용호객잔의 점소이로 쓰겠다고 용사등이 결정을 내렸을 때 수많은 반대가 있었다.

"객잔 영업을 포기한 게 틀림없다."

"워낙 장사가 안 돼서 정신이 반쯤 나갔다."

"노망이 일찍 들었다!"

"새로운 사업을 시작하기 위해 객잔을 망하게 하려는 술수다."

갖은 추측들과 반대들이 쏟아졌다.

그러나 그 수많은 반대에 시달리면서도 용사등은 흔들리지 않고 끝내 자신의 뜻을 꺾지 않고 관철시켰다.

그로 인해 세간에서는 용팔이 용사등의 숨겨둔 아들이라는 소문까지 돌았지만, 귀를 틀어막고 모른 척했던 그였다.

"그런데 저건 뭐예요?"

"뭐 말이냐?"

"저기 음식명 아래에 적혀 있는 것들요."

그 고집을 알고 있기에 반쯤 포기하고 있던 문우령이 무언가를 발견하고 고개를 갸웃거렸다.

그것은 다른 사람들도 마찬가지였다.

용사등이 새로 만든 차림표에는 일반적인 객잔의 차림표에 전혀 어울리지 않는 뜬금없는 것들이 적혀 있었다.

손, 은자 열 냥 이상
허벅지, 은자 서른 냥 이상
복근, 은자 오십 냥 이상
엉덩이, 시가

하지만 용사등이 잘못 적은 것이 아니었다.

마치 이것과 관련된 질문이 대체 언제 나오나 하고 기다렸던 사람처럼 용사등은 냉큼 대답했다.

"저게 우리 용호객잔의 비장의 무기다."

"비장의 무기요?"

"그래, 바로 우리 용호객잔의 매상을 끌어올려 줄 비장의 무기지. 우리 복덩이 손이라도 한 번 잡아보려면 적어도 음식을 은자 열 냥 이상은 먹어야 할 테니까."

용사등의 설명에 귀를 기울이고 있던 용팔이 혀를 내둘렀다.

가끔씩 살짝 정신이 나간 것처럼 보이는 것은 사실이었다.

그럴 때마다 노망이 찾아온 게 틀림없다고 비꼬기는 했지만, 저렇게 기막힌 발상을 하는 것을 보면 확실히 상재(商才)는 있는 노인이었다.

언젠가 직접 객잔을 열어야겠다는 꿈이 있는 용팔인만큼 용사등에게서 본받을 만한 것은 본받아야 했다.

'저러다 진짜 중원의 상왕이 되는 거 아냐?

그 순간 갑자기 머릿속에 깃드는 생각.

워낙 뜬금없는데다 전혀 실현 가능성도 없기에 피식 실소를 흘리던 용팔의 표정이 굳어졌다.

'저 자식 표정이 왜 저래?'

천유강이 다가오고 있었다.

그것도 꽤나 심각한 표정을 지은 채로.

찔리는 구석이 있었기에 용팔은 서둘러 자리를 뜨려 했지만, 천유강이 다가오는 것이 더 빨랐다.

그리고 천유강은 두 눈을 지그시 응시한 채 물었다.

"나한테 돈 진짜 돌려줬어요?"

바글바글.

용호객잔은 여전히 사람들로 북적였다.

'거참, 대단한 노인네야!'

빈자리를 찾아볼 수 없는 객잔을 지켜보던 용팔이 혀를 내둘렀다.

사실 용사등에게서 그 애기를 들었을 때만 해도 반신반의(半信半疑)했다.

뭐든지 비싸면 더 좋다고 여기는 사람들의 심리.

틀리지는 않았다.

용팔 역시 그런 경험이 있었으니까.

그러나 이게 과연 먹힐지는 의문이었는데… 아주 제대로

먹혔다.

군중심리를 정확하게 꿰뚫어 보고, 과감하게 고급화(?)를 선택한 용사등의 계산은 들어맞았다.

불과 하룻밤 사이에 갑자기 음식 가격이 몇 배나 뛰었지만, 객잔을 찾는 손님들의 수가 줄지 않은 것이 그 증거였다.

그리고 더 신기한 것은 손님들의 반응이었다.

맛도 그대로이고 양도 그대로인 음식의 가격이 하루밤 사이 몇 배나 뛰었지만, 단 한 사람도 불평을 터뜨리지 않았다.

오히려 기쁜 표정으로 주문하기 바빴다.

"요즘 불경기 맞아?"

고개를 갸우뚱하게 만들 정도로 객잔 안은 손님들로 미어터졌다.

그리고 용팔은 점소이 경력 오 년 만에 세상에 미식가가 이렇게 많다는 것을 처음으로 깨달았다.

한 접시에 은자 두 냥이나 하는 비싼 요리들을 한꺼번에 몇 가지나 시켰지만, 제대로 접시를 비우는 손님들은 거의 찾아볼 수 없었다.

음식에 대한 예의 때문인지 마지못해 젓가락을 들기는 했지만, 몇 번씩 끼적이는 게 대부분이었다.

손님들은 탁자 위에 음식을 그대로 남긴 채 거의 모든 시간을 천유강을 바라보는 데 할애했다.

하지만 신기한 것은 이게 전부가 아니었다.

평소에는 주문의 대부분을 차지하던 것이 소면이었다.

그런데 그 소면의 주문은 거의 찾아볼 수 없고, 은자 두 냥이나 하는 요리들로 대부분의 주문들이 몰렸다.

소면보다야 장우육이나 향고유채, 마파두부 같은 비싼 요리를 팔 때 남는 이문이 많은 것은 당연지사(當然之事).

"재밌는 세상이야!"

입이 귀에 걸리는 것으로 모자라 찢어질 것처럼 웃고 있는 용사등을 살피던 용팔이 쓴웃음을 머금었다.

그러나 아직 끝이 아니었다.

다른 객잔에서는 절대 찾아볼 수 없는, 오직 용호객잔에서만 볼 수 있는 특별한 광경이 남아 있었다.

바로 요리들을 주문해서 총가격이 은자 열 냥이 넘어가면, 마치 기다렸다는 듯이 손을 번쩍 들고 외치는 광경이었다.

"여기요!"

"네, 손님!"

"모두 합쳐 은자 열두 냥, 여기 손이오!"

"유강아!"

마치 음식을 주문하듯 손님들이 소리치고 나면 천유강이 그곳으로 다가갔다.

물론 그사이에도 작은 소란은 일어났다.

"내 차례야!"

"무슨 소리야?"

"약속했잖아, 오늘은 나라고."

"언제?"

"어머, 얘 봐. 우리의 십 년 우정을 배신하는 거니?"

"십 년 우정은 무슨. 우리 알고 지낸 지 구 년밖에 안 됐거든."

"구 년이나 십 년이나. 어쨌든 난 절대 양보 못해!"

그 탁자에 앉아 있는 손님들의 수가 아무리 많더라도 천유강의 손을 잡을 수 있는 것은 단 한 명뿐이었다.

그로 인해 사소한 언쟁이 벌어질 때도 있었고, 심할 경우에는 그 언쟁이 몸싸움으로 번지기도 했다.

하지만 용사등은 단호했다.

불만이 터져 나오는 경우도 있고 노골적으로 부탁하는 경우도 있었지만 그 원칙만큼은 절대 어기지 않았다.

어쨌든 첫날밤을 앞둔 새색시마냥 상기된 얼굴로 천유강의 손을 만지고 난 후에도 여인들은 만족하지 않았다.

"내일 또 올게."

미련이 남는 듯 은근한 눈길로 천유강을 바라보았다.

그리고 천유강이 사라지고 나면 바로 난상토론에 들어갔다.

"우리 계라도 조직할까?"

"무슨 계?"

"복근계!"

“난 싫어!”

“왜?”

“이왕이면 엉덩이계로 하자!”

제 남편들이 밖에서 죽을힘을 다해 일해서 번 돈을 여자들은 마치 물 쓰듯 펑펑 쓰기 일쑤였다.

“난 혼인하지 말아야지!”

떡 줄 사람은 생각도 않는데 혼자서 김칫국을 마시다가 걸어차 버린 용팔이 두 눈을 휘둥그레 떴다.

‘남자?’

온통 여자 손님들 일색인 객잔 안으로 두 명의 남자 손님이 들어왔다.

객잔에 남자 손님이 들어오는 게 무엇이 이상하겠냐마는, 용호객잔에서만큼은 이상한 일이었다.

“별일이네!”

그들의 등장을 확인한 용팔이 호기심 어린 표정을 지은 채 주문을 받기 위해 곁으로 다가갔다.

第五章

이 미친 여편네가?

“직접 찾아가서 확인하고 오게!”

평소라면 한창 태평루의 주방에서 음식 준비에 열을 올릴 시간이었다.

하지만 태평루의 숙수인 엽상은 오늘만큼은 총관인 허진석의 특명을 받고 주방을 벗어나 용호객잔으로 향하고 있었다.

원래라면 태평루의 대숙수인 신설수 모방인이 직접 움직여야 마땅했다.

그러나 모방인의 얼굴이 낙양 바닥에 워낙 널리 알려진 탓에 태평루 주방의 서열 삼위인 엽상이 대타로 나선 것이었다.

그리고 엽상에게는 동행이 있었다.

아직 나이는 젊지만 매사를 꼼꼼하게 처리하고 계산이 빨라 허진석의 뒤를 이어 차기 태평루 총관 감으로 물망에 올라 있는 방태수와 함께 움직이는 것이었다.

'내가 살필 것은 용호객잔의 음식 맛, 방태수가 확인할 것은 용호객잔 종업원들의 친절함과 손님을 대하는 태도가 되겠군!'

누가 뭐래도 객잔에서 가장 중요한 것은 두 가지.

첫째는 손님들에게 내놓는 음식의 맛이고, 둘째는 객잔 종업원들의 친절함과 손님을 대하는 태도였다.

허진석이 자신과 방태수를 함께 보낸 데는 이 두 가지를 모두 확인하고 오라는 뜻이 담겨 있었다.

"뭔가 따로 들은 게 있나?"

"없습니다."

"그래?"

"용호객잔이 최근 들어 성세를 누리고 있는 이유에 대해서 알아보라 하셨을 뿐, 다른 정보는 일체 알려주지 않으셨습니다. 제 생각에는 아무런 선입견 없이 용호객잔이 잘되는 이유를 알아보라는 뜻으로 여겨집니다."

혹시나 해서 물었던 엽상이 고개를 끄덕였다.

잘 알려진 대로 방태수는 말수가 많은 편이 아니었고, 쓸데없는 말을 하는 성격은 더더욱 아니었다.

그 말을 끝으로 두 사람은 묵묵히 걸었다.

그로부터 약 반 각 후에 용호객잔에 거의 다다랐을 무렵, 방태수가 주변을 슬쩍 살핀 후 다시 입을 뗐다.

“입지 조건은 거의 최악이로군요.”

“그렇군!”

낙양의 중심가에 위치한 태평루와 달리 용호객잔은 중심가에서 한참을 걸어야만 도착할 수 있었다.

게다가 주변에 상가들이 밀집해 있는 것도 아니었다.

다시 말해서 겸사겸사 들를 가능성이 거의 없으니 굳이 용호객잔을 찾아와서 음식을 먹어야겠다는 결심을 해야만 찾아올 수 있는 곳이었다.

“이런 최악의 입지 조건에서도 장사가 잘되는 데는 이유가 있을 겁니다. 저희가 찾아야 하는 것이 바로 그 이유입니다.”

“그렇겠지!”

똑 부러지는 방태수의 말에 동의하며 허름한 용호객잔 안으로 들어섰던 엽상은 입을 벌렸다.

‘뭐야, 이거?’

한적하기 그지없던 용호객잔 주변의 거리와 달리, 객잔 안은 손님들로 인해서 미어터질 지경이었다.

물론 객잔에 손님이 북적이는 것은 특별한 일도 아니었다.

태평루에서도 흔히 볼 수 있던 광경이었으니까.

그런데도 엽상이 입까지 헤벌린 채 놀란 이유는 객잔 안을 차지하고 있는 손님의 성비 때문이었다.

'왜지?'

온통 여자들 일색이었다.

그 나이가 많고 적음의 차이는 있었지만, 객잔 안을 메우고 있는 것은 여자 손님들밖에 없었다.

"일단 들어가시죠."

"그, 그러지!"

방태수도 놀란 기색이 역력했다.

그런 그의 뒤를 따라 선뜻 떨어지지 않는 발걸음을 옮긴 엽상은 후미진 자리에 유일하게 남아 있는 탁자에 앉을 수 있었다.

"청결함은 낙제점이로군요."

마침 후미진 곳이라서일까.

바닥 구석에 먼지가 수북이 쌓인 것을 확인한 방태수가 미간을 찌푸리며 말했다.

"태평루에 비하면 시설도 엉망입니다. 탁자는 오래되어 금방이라도 부서질 것 같고, 의자는 너무 딱딱해서 불편합니다."

"그렇군."

"다음으로 확인할 것은 음식 맛이겠군요."

"그래!"

여전히 당황한 기색을 감추고 있지 못하는 엽상과 달리 방태수는 얼마 지나지 않아 침착함을 되찾았다.

조목조목 살피며 꼼꼼하게 지적하는 방태수의 말에 고개를 끄덕이던 엽상이 의아한 표정을 지었다.

'왜지?'

찔러도 피 한 방울 나올 것 같지 않을 정도로 냉철한 태도를 유지하고 있던 방태수가 누군가를 바라보며 깜짝 놀라 입까지 벌리고 있었다.

"주문은 뭘로 하시겠습니까?"

입을 헤벌린 채 방태수가 바라보고 있는 방향으로 시선을 옮겼던 엽상 역시 이내 눈살을 찌푸렸다.

근처로 다가온 자의 얼굴.

흉신악귀가 따로 없었다.

만약 환한 대낮이 아니라 깊은 밤에 마주쳤더라면 귀신을 보았다고 생각해서 기겁을 했으리라.

물론 대낮에 마주했다고 해서 반갑거나 기분이 좋아지는 얼굴은 아니었다.

'이 새끼, 뭐야?'

엽상은 하마터면 반쯤 빠져나갈 뻔했던 정신을 간신히 수습하고 다시 한 번 사내를 살폈다.

일단 지껄이는 말로 봐서는 점소이가 틀림없었다.

그런데 저 해괴망측한 몰골은 대체 뭐란 말인가.

'이 객잔, 뭐야?'

불쑥 그런 생각이 깃들었다.

그리고 입맛이 뚝 떨어졌다.

나름 친근한 인상을 주기 위함인 듯 뻐드렁니를 드러내며 웃었지만, 오히려 역효과를 불러일으켰다.

하마터면 주먹을 들어 후려칠 뻔했으니까.

점소이의 얼굴을 외면한 채 엽상은 차림표가 적힌 곳으로 서둘러 시선을 돌렸다.

그러나 놀랄 일은 아직 끝이 아니었다.

벽에 붙은 차림표 역시 엽상의 혼을 빼놓기에 충분했다.

'소면이 동전 백 문?'

다른 것은 보이지도 않았다.

어느 객잔에서나 먹을 수 있는 소면 하나에 동전 백 문이나 한다는 것이 기가 막히고 코가 막히게 만들었다.

'최고급 객잔인 태평루에서도 동전 스무 문에 파는 소면을 어찌 백 문이나 받을 수 있단 말인가?'

"미치겠군!"

아무리 생각해도 용호객잔은 정상이 아니었다.

엽상의 눈에는 정상인 부분이 한 곳도 없었다.

그리고 그것은 방태수도 마찬가지인 듯 보였다.

아까까지만 해도 냉철함을 유지하고 있던 그가 입을 헤벌린 채 침까지 흘리는 것으로 봐서.

"아마 그러실 겁니다."

“……?”

“저희 용호객잔의 음식은 미칠 만큼 맛있거든요!”

그사이 점소이가 깐죽거리며 끼어들었지만, 제대로 들리지도 않았다.

“뭐가 이렇게 비싸?”

결국 참지 못하고 엽상이 불평을 터뜨렸다.

그러나 점소이는 조금도 당황하거나 움츠러들지 않고 설명했다.

“저희 객잔의 음식은 비싼 값을 합니다. 신선하고 양질의 재료들만 엄선해서 최고의 실력을 지닌 숙수가 요리를 만들어내거든요.”

제기랄.

설명하면서 웃지나 말 것이지.

죽을힘을 다해 억누르고 있던 욕지기가 다시 치미는 것을 참으며 엽상이 다시 불평을 터뜨렸다.

“아무리 그래도 이건 너무 비싸잖아. 다른 건 그렇다 쳐도 소면 한 그릇이 이렇게 비싼 게 말이 돼?”

“이건 영업 비밀인데…….”

“영업 비밀?”

귀가 번쩍 뜨였다.

그래서 지독한 구취(口臭)를 참고서 귀를 가까이 가져갔다.

“저희 객잔 소면에는 금가루를 뿌리거든요.”

"진짜야?"

"물론 진짜죠. 제가 말씀드린 것이 거짓말이면 객잔에 손님들이 이렇게 미어터질 리가 있습니까?"

소면에 금가루를 뿌린다니.

주방 경력만 이십 년이 넘는 엽상으로서도 금시초문이었다.

'사실일까?

의심이 깃드는 것은 당연지사.

게다가 욕지기가 나올 정도로 못생긴데다가 어딘가 음험한 기운까지 풍기는 점소이 놈의 말은 순순히 믿기 어려웠다.

결국 확인할 길은 하나밖에 없었다.

직접 소면을 먹어보는 수밖에는.

"소면 두 개 가져와!"

"다른 요리는?"

"됐으니까 소면이나 내와!"

"알겠습니다. 자, 금가루 가득 뿌린 소면 두 개 주문요!"

다른 요리를 시키지 않고 소면 두 개만 시키자 점소이의 입가에 머물렀던 웃음이 사라지고 인상을 쓰는 것이 보였다.

고작 소면 두 개 시키면서 재수없게 불평은 더럽게 많이 늘어놓는다는 표정을 확인하자 다시 욱하고 울화가 치밀었지만, 이번에도 참았다.

그리고 주문한 소면이 나오기 전까지 방태수와 의견을 나누었다.

"저로서는 이해가 안 가는군요."

"나도 마찬가지야."

"점소이는 객잔의 얼굴이라 할 수 있습니다. 그런데 얼굴을 마주하는 것만으로도 입맛을 떨어지게 만드는 자를 점소이로 채용한 점, 그 점소이가 불친절하기 그지없는데다가 상식적으로 이해하기 힘든 터무니없을 정도로 비싼 음식까지. 어느 한 부분도 정상이 아닙니다. 그런데도 이렇게 장사가 잘되는 이유는 대체 무엇일까요? 역시 음식 맛이 뛰어난 걸까요? 진짜로 소면에 금가루라도 뿌린 걸까요?"

"그야 먹어보면 알겠지."

이성을 잃고 살짝 흥분한 탓인지 말이 많아진 방태수에게 맞장구를 칠 때, 주문한 소면이 마침내 도착했다.

마치 채로 쓴 것처럼 얇은 닭고기 살.

뽀얗게 우려낸 국물과 둥글게 말린 면 위에 소담스럽게 얹어놓은 고명.

일단 냄새는 그럴듯했다.

그렇지만 아무리 봐도 평범하기 그지없는 소면처럼 보였다.

아니, 태평루에서 내놓는 소면에 비한다면 훨씬 볼품이 없어 보이는 소면이 도착하자마자 엽상은 젓가락을 들었다.

마음이 급했다.

후루룩.

서둘러 소면을 입으로 밀어 넣었던 엽상이 곧바로 젓가락을 내려놓았다.

다음으로 그릇을 들어서 뽀얗게 우려낸 소면의 국물을 한 모금 마신 후, 방태수를 바라보았다.

그러자 기다렸다는 듯이 방태수가 물었다.

"어떤 것 같습니까?"

"나쁘지 않군."

"그렇습니까?"

"그런데 좋지도 않군."

"……?"

"면발은 쫄깃하지 않아 씹히는 맛이 부족하고, 국물은 시원한 듯 느껴지나 담백함이 없어. 우리 태평루의 소면과 비교한다면 한참 부족해."

"다른 요리를 시켜볼까요?"

방태수가 꺼낸 제안을 들은 엽상이 고개를 흔들었다.

더 확인할 필요도 없었다.

한 그릇에 동전 백 문짜리 소면이 이 모양이라면 다른 요리를 시키는 것은 아까운 돈 낭비일 뿐이었다.

"내가 장담하지. 금가루는커녕 누런색 재료도 사용되지 않았어."

엽상이 국물이 살짝 묻어 기름기가 번들거리고 있는 입가를 소매로 닦으며 고개를 갸웃거렸다.

'대체 이유가 뭘까?'

마지막으로 음식까지 맛보았다.

이제 용호객잔에 대해 확인할 것은 모두 한 셈이었다.

그런데도 손님들이 북적대고 있는 이유를 도무지 알 수가 없었다.

답답한 마음에 주변을 살피던 엽상의 시선이 한곳에 고정됐다.

'설마?'

혼자서 탁자를 차지하고서 몇 접시나 되는 요리를 시켜놓은 중년 여인을 확인한 엽상이 몸을 일으켰다.

처음에는 그저 낯이 익다고 생각했다.

그런데 다시 한 번 유심히 살피고서야 알아챘다.

자신의 마누라라는 것을.

벌써 십 년이 넘게 살을 맞대고 살고 있는 마누라.

그런 마누라의 얼굴을 단번에 알아보지 못했다는 것부터 말도 안 되는 일이었지만 거기에는 이유가 있었다.

집에서는 늘 펑퍼짐하게 퍼져 있던 마누라였는데.

오늘은 달랐다.

원래 얼굴을 알아보기 힘들 정도로 화장을 짙게 한데다가, 평소에는 구경도 해본 적이 없던 비단옷으로 휘감았기 때문이다.

게다가 하나 더.

아침을 먹고 일을 나가기 전에 장모님이 아파서 수발을 들어주기 위해 친정에 간다고 마누라는 분명히 말했었다.

‘이럴 리가 없는데.’

아픈 장모님의 수발을 들기 위해 친정에 간 마누라가 왜 혼자 객잔에 와서 요리를 잔뜩 시켜놓고 앉아 있단 말인가.

“설마 당신, 맞아?”

“누구… 에구머니나!”

설마가 사람을 잡았다.

곁으로 다가간 엽상의 얼굴을 마주하자마자 화들짝 놀란 마누라는 아예 탁자 밑으로 기어들어 가버렸다.

하지만 탁자 밑으로 숨는다고 해서 능사가 아니었다.

“어서 나와, 이 미친 여편네야!”

산길을 가다가 곰을 만났을 때의 대처법처럼 죽은 듯이 꿈쩍도 않는 마누라의 뒷목덜미를 잡아채고 끌어당겼다.

아쉽게도 엽상은 곰이 아니었다.

당연히 죽은 척한다고 해서 해결될 일이 아니었다.

‘이 여편네가!’

지금 이 순간, 다른 것은 생각나지도 않았다.

당장 마누라를 끌고 객잔 밖으로 나가서 이번 일을 따질 생각뿐이었다.

“무슨 일로?”

“넌 신경 꺼, 집안일이니까.”

“아, 그러시다면 뭐. 그렇지만 저희 객잔의 단골손님이시니 부디 살살 해주시길 부탁드립니다.”

그 와중에 은근슬쩍 다가온 점소이가 끼어들어 부탁했지만, 오히려 엽상의 기분을 더욱 상하게 만들었다.

못생긴데다가 밉상맞기까지 한 점소이를 매섭게 째려본 엽상이 마누라를 이끌고 막 객잔 밖으로 나가려는 찰나였다.

“저기… 계산은 어느 분이?”

이번에는 계산대에 앉아 있던 염소 수염의 노인이 능글맞게 웃으며 물었다.

그 능글맞은 미소가 신경에 거슬렸지만, 엽상도 객잔에 몸담고 있는 자였다.

음식을 먹었으니 계산은 해야 한다는 생각에 품속에서 전낭을 꺼내며 물었다.

“얼마야?”

“모두 해서 은자 열일곱 냥입니다.”

“얼마라고?”

“은자 열입곱 냥입니다.”

이런 말도 안 되는 가격이라니.

엽상의 두 눈에서 불길이 치솟았다.

바가지도 이런 바가지가 없었다.

그래서 당장에라도 객잔을 뒤집어엎을 기세로 엽상이 씩씩거리고 있을 때, 웬 사내놈이 곁으로 다가왔다.

'이 새낀 또 뭐야? 기도야?'

엽상이 눈을 가늘게 뜨고 사내놈을 살폈다.

태평루에도 기도는 있었다.

객잔에서 비싼 음식을 시켜 먹고 돈을 지불하지 않고 그냥 가려는 놈들을 상대하기 위해 존재하는 것이 기도였다.

'그런데 뭔 놈의 기도가 이렇게 곱상하게 생겼어?'

엽상이 움찔할 때, 사내가 불쑥 손을 내밀었다.

사내가 내민 손을 보고 엽상이 반사적으로 주춤하며 뒤로 물러날 때, 염소 수염의 노인이 말했다.

"모두 열일곱 냥이니까 손입니다. 자, 어느 분께서?"

'이건 또 무슨 소리야? 지금 고작 은자 열일곱 냥 때문에 내 손모가지라도 분지르겠다는 건가?'

흥분한 상태라 엽상은 말귀를 제대로 알아듣지 못했다.

아니, 정상적인 상황이었더라도 쉽게 이해할 수 없었으리라.

어쨌든 엽상이 잔뜩 인상을 쓰고 있을 때, 곁에서 바들바들 떨고 있던 마누라가 앞으로 나섰다.

"저요!"

'이 여편네가!'

엽상은 순간 울컥했다.

조금 전까지만 해도 밉기만 하던 마누라가 갑자기 예뻐 보였다.

숙수인 엽상에게 있어서 손목은 생명이나 다름없는 소중한 부위.

그것을 마누라가 모를 리 없었다.

자신을 대신해서 용기를 쥐어짜 내 앞으로 나서는 마누라를 보니 눈물이 찔끔 나올 정도였다.

그리고 남편으로서 이대로 지켜보고만 있을 수는 없었다.

"아니, 내가 하지!"

엽상이 마누라를 잡아끌고 대신 나섰다.

그 말을 듣고서 마누라의 낯빛이 사색으로 변하는 것이 보였지만, 엽상은 괜찮다는 듯이 씨익 웃었다.

"당신은 빠져 있어!"

마누라가 말릴 틈도 없이 앞으로 내밀고 있는 사내의 손을 덥석 맞잡았다.

물론 쉽게 손모가지를 내줄 생각은 없었다.

'이래 봬도 손아귀 힘이라면 누구한테도 지지 않을 자신이 있지!'

어지간한 사람이라면 양손으로 들기도 버거워하는 무거운 쇠솥을 십 년 이상 한 손으로 움켜쥐고 날랐던 엽상이었다.

그래서 맞잡은 손에 잔뜩 힘을 더할 때, 사내가 싱긋 웃으며 말했다.

"힘이 좋으시네요!"

'이 새끼, 진짜 뭐야?

자신은 오만상을 쓰면서 힘을 주고 있는데 실실 쪼개고 있었다.

이건 그만큼 여유가 있다는 증거였다.

그래서 처음에는 긴장했다.

그런데 조금 시간이 지나자 다른 감정이 깃들기 시작했다.

이거야 참.

이런 심각한 상황에 처해서 드는 생각으로는 조금 웃기는 것이지만, 두근거리면서 심장이 뛰었다.

밤마다 마누라가 옷을 훌러덩 벗고 달려들 때에도 요지부동(搖之不動)이던 심장이었는데, 사내의 웃음을 보는 순간 거짓말처럼 뛰기 시작했다.

'이걸 어떻게 해석해야 하지?

태어나서 처음 겪어보는 상황이었다.

그래서 더 혼란스러웠다.

엽상이 자신의 성 정체성에 대해서 심각하게 고민하며 당혹스런 표정을 감추지 못할 때, 사내가 입을 뗐다.

"쑥스러워하지 마세요."

"뭐?"

"저도 형님은 처음이니까요!"

무슨 뜻일까.

웃는 것도, 그렇다고 우는 것도 아닌 애매한 표정을 엽상이
짓고 있을 때 곁에 서 있던 마누라가 장모님이 돌아가신 것처
럼 서럽게 울기 시작했다.
"왜 울고 그래?"
"흑흑!"
"난 괜찮아!"
"흑흑흑!"
"난 괜찮다니까!"
"흑, 흐흑. 꺼어억!"
워낙 서럽게 우는 마누라가 걱정돼서 괜찮다고 말하며 안
심시켜 줬지만, 마누라는 우는 것을 멈추지 않았다.
오히려 시간이 흐를수록 더 서럽게 울었다.

第六章
비상 타종

용호각잔

“미친 여편네!”

손목을 어루만지던 엽상이 인상을 찌푸렸다.

자신이 누군가.

바로 낙양 최고의 객잔인 태평루의 숙수다.

‘그렇게 요리가 먹고 싶었다면 진즉에 말을 할 것이지! 혼
자 객잔에 가서 은자 열일곱 냥씩이나 처먹어?’

은자 열입곱 냥이면 무려 자신의 석 달 월봉이었다.

그나마 다행인 것은 방태수가 적절한 순간에 나서서 허진
석이 건네준 돈으로 대신 음식 값을 치러주었다는 점이다.

덕분에 손모가지도 무사할 수 있었고.

'하여간 이상한 객잔이야!'

이제 와 곰곰이 다시 되짚어봐도 뭐 하나 정상적인 게 없었
다.

입맛을 떨어뜨리는 것으로 모자라 구토까지 유발시키는
못생긴 점소이에다가, 음식의 질에 비해 터무니없을 정도로
비싼 가격, 게다가 어지간한 기루의 기녀들보다도 더 예쁘장
하게 생긴 기도까지.

'돌겠군!'

그 기도에게 생각이 미치자 다시 심장이 뛰기 시작했다.

한마디로 말해서 미칠 노릇이었다.

나이 마흔이 되어서 성 정체성에 대해 고민하게 될 줄이야.

어떻게든 머릿속에서 떨쳐 내버리려고 해도, 기도가 웃는
얼굴은 점점 더 또렷해지기만 했다.

"정신 차리자!"

찰싹.

그래서 자신의 뺨을 스스로 때리는 사이 허진석이 객실로
들어섰고, 엽상은 서둘러 일어났다.

"일어설 필요 없네!"

그런 그를 손으로 제지한 후 허진석이 맞은편에 앉았다.

"그래, 어떻던가?"

"형편없었습니다."

"음식 맛이 형편없었단 말이지?"

"그렇습니다. 썩은 고기로 육수를 우려냈는지 소면의 국물에서는 비릿한 냄새가 났고 면도 반죽이 덜된 탓인지 쫄깃함이 없었습니다. 게다가 터무니없을 정도로 비싸기까지 했습니다."

엽상이 기다렸다는 듯이 열변을 토해냈다.

물론 직접 맛보았던 용호객잔의 소면이 그 정도로 나쁘지는 않았다.

솔직히 말하면 중간 이상.

낙양의 저잣거리에 널려 있는 수백 개의 고만고만한 객잔들에서 먹는 것보다는 훨씬 나은 편이었다.

굳이 비교하자면 태평루의 수석 숙수인 신설수 모방인이 직접 만든 소면보다 약간 손색이 있는 정도였다.

하지만 용호객잔에 대한 인상이 워낙 안 좋으니 엽상의 입에서 고운 말이 나올 리가 없었다.

그리고 그 대답이 흡족한 듯 희미한 웃음을 머금고 있던 허진석이 재차 물었다.

"잘생겼던가?"

"그게……."

"태수에게 듣기로는 거기서 자네 부인을 만났다고 하던데."

엽상이 입술을 지그시 깨물었다.

그렇게 신신당부(申申當付)를 했건만, 고지식한 방태수가 말한 것이 틀림없었다.

어쨌든 이미 알려졌으니 더 감출 수도 없는 노릇이었다.

"여편네가 정신이 나가서."

"너무 나무라지 말게."

"네?"

"꽃에 나비가 몰려드는 것은 당연한 일이니까."

"그렇지만……."

"한 번 실수는 누구나 할 수 있는 것이라네. 대신 두 번 다시는 그런 실수를 하지 못하도록 내가 방안을 강구하겠네."

"무슨 말씀이신지?"

"용호객잔의 문을 닫게 하면 될 것 아닌가?"

허진석이 자신만만한 표정으로 덧붙였다.

"비록 작은 상재를 이용해서 약간의 이득을 취했다고 하나 정도를 걷지 않는다면 언젠간 망하고 말지. 난 소문을 낼 생각이네."

"어떤 소문을 말씀하시는 겁니까?"

"용호객잔이 싸구려에다가 부패한 재료를 이용해서 음식을 만든다고. 자네도 알지 않나? 객잔만큼 소문에 민감한 곳도 없다는 사실을."

엽상이 무릎을 쳤다.

뭔가 찝찝한 기분은 들었지만, 용호객잔에 대한 감정이 좋지 않은 엽상으로서는 그깟 찝찝함은 중요하지 않았다.

그래서 흡족한 웃음을 지을 때, 허진석도 마주 웃으며 한마디를 보냈다.

"아무리 아름다운 꽃이라도 머물 장소를 만들어주지 않는다면 나비들도 더 이상 몰려들지 않는 법이지!"

*　　　*　　　*

"겨울이 코앞인데 웬 놈의 파리들이 이렇게 몰려든담!"

탁. 탁.

객잔 안에 들어온 파리 떼를 쫓으며 용팔이 불평을 늘어놓았다.

그 불평을 한 귀로 듣고 한 귀로 흘리던 용사등이 혀를 내밀어 바싹 말라 버린 입술을 훑었다.

'왜지?'

혹시나 하는 마음에 용호객잔의 상황에 대해서 하나하나 점검을 해보았지만 평소와 다른 점은 없었다.

그래도 마음이 놓이지 않아서 객잔 문 앞에 서서 얼굴을 내밀고 있는 용팔의 뒷덜미를 잡아끌어 구석에 처박아놓았다.

절대 밖에서 보이지 않도록.

대신 그 자리에 천유강을 세워두는 초강수까지 두었다.

그런데도… 손님이 없었다.

객잔 문을 열기 전부터 줄을 서서 기다리던 손님들은 다 어디론가 사라져 버리고, 파리 새끼 한 마리도 얼씬거리지 않았다. 아, 이건 아니었다.

손님들 대신 파리 떼가 다시 몰려들었으니까.

"내가 그랬잖아요."

"뭘 말이냐?"

"이렇게 비싸게 팔면 손님이 끊긴다고. 요즘 같은 불경기에 이렇게 비싸게 팔면 어느 누가 와서 먹겠어요?"

"……."

"딱 까놓고 말해서 우리 장 숙수의 요리 실력이 눈에 띄게 훌륭한 것도 아니잖아요. 오죽하면 주문을 받다가 내가 다 미안할 지경이었다니까요. 아무리 돈독이 올라도 적당히 해야지, 내가 이럴 줄 알았다니까."

'저 자식이!'

용사등이 용팔을 매섭게 째려보았다.

손님이 뚝 끊겨서 가뜩이나 쓰린 속을 아예 후벼 파고 있었다.

'하여간 저 자식은 주인 의식이라고는 눈곱만큼도 없는 새끼야!'

용호객잔의 주인은 자신이었다.

하지만 용팔 역시 용호객잔에 몸담고 밥을 빌어먹는 처지.

이렇게 손님이 갑자기 뚝 끊겼으면 함께 걱정하며 대책을 마련하는 것이 당연한 수순이었건만, 저놈은 아니었다.

마치 자신과는 하등 상관없다는 듯이 말하고 있었다.

아니, 오히려 이 상황을 즐기는 것처럼 보이니 어찌 속이
타지 않을까.

'용호객잔이 다시 어려워지면 저 자식부터 잘라 버려야
지!'

용사등이 굳게 다짐했다.

그리고 이런 자신의 속내를 전혀 짐작하지 못한 채 실실 웃
고 있는 용팔을 노려보며 다시 고민에 잠겼다.

용팔의 분석은 틀렸다는 확신이 있었다.

그 확신의 이유는 두 가지였다.

새로운 차림표를 만들고 가격을 올렸던 지난 이틀간, 객잔
을 찾았던 손님들의 수는 줄기는커녕 늘었다는 게 첫 번째 이
유였다.

그리고 나머지 하나의 이유는, 가격이 오른 것에 대해서 별
다른 불평이 터져 나오지 않은 것이었다.

"그런데 갑자기 왜 손님이 뚝 끊겼을까?"

용사등의 나이 어느덧 쉰둘.

어릴 적에 집안 형편이 어려웠던 탓에 배운 것은 많지 않았
다.

그러나 산전수전에 더해 공중전까지 겪으며 이 나이까지
살다 보니 깨닫게 된 인생의 지혜들이 있었다.

바로 어떤 원인이나 계기 없이 우연히 발생하는 일은 거의
없다는 것이었다.

이번 일도 마찬가지였다.

손님들로 문전성시(門前成市)를 이루던 객잔에 거짓말처럼 손님이 뚝 끊겨 버린 데는 어떤 원인이 있는 게 틀림없었다.

최우선 과제는 그 원인을 파악하는 것이었다.

"나갔다 오마!"

용사등이 장고 끝에 객잔을 나서기로 결정했다.

이 시간에 자신이 계산대를 비우는 것이 의외인 듯, 실실 웃고 있던 용팔이 정색한 채 질문했다.

"어디 가세요?"

"그런 것까지 네놈에게 보고해야 하나?"

"주구장창 계산대에 앉아 계시던 분이 갑자기 자리를 비우니까 이상하잖아요. 진짜 어디 가시는 건데요?"

"밥 먹으러!"

"뭐야? 진짜 노망?"

용팔이 놀란 표정을 지은 채 어김없이 시비를 걸었지만, 저 한심한 놈과 아웅다웅하며 보낼 시간이 없었다.

한시라도 빨리 원인을 파악해야 했다.

그런 용사등이 찾은 곳은 용호객잔에서 꽤나 떨어진 위치에 자리 잡고 있는 복화객잔이었다.

행여나 자신의 얼굴을 알아볼지도 모른다는 생각에 방갓까지 깊숙이 눌러쓴 용사등은 사람들이 반쯤 들어차 있는 복화객잔에 홀로 앉아 소면을 먹었다.

물론 용호객잔의 숙수인 장유걸이 만들어내는 소면에 질려서 여기까지 찾아온 것은 아니었다.

세상에서 가장 빠른 것은 입소문.

그 소문들을 접하기에는 객잔만 한 곳이 없었기 때문에 노망이 난 게 틀림없다는 비아냥까지 들으며 이곳을 찾은 것이었다.

"이 더러운 놈들!"

그리고 주문한 소면의 면발이 채 붙기도 전에 용사등은 들고 있던 젓가락을 탁자 위에 내팽개쳤다.

"뭔가 문제라도 있으셨습니까?"

서슬 퍼런 용사등의 기세에 깜짝 놀란 복화객잔의 젊은 주인이 다가와서는 조심스레 물었다.

"이게 말이 되나?"

"왜 그러십니까?"

"소면 국물에 어른 팔뚝만 한 똥파리가 빠져 있구만!"

"그럴 리가요!"

복화객잔 주인의 낯빛이 사색으로 변했다.

"물론 농담일세. 세상에 어른 팔뚝만 한 똥파리가 어디 있겠나?"

"네?"

"기분이 어떤가? 억울하지?"

"네? 네!"

"지금 내 심정이 그렇다네. 이 치사하고 더러운 새끼들!"

얼떨떨한 표정을 짓고 있는 복화객잔의 젊은 주인에게 소면 값을 던져 준 용사등이 콧김을 씩씩 내뿜으며 용호객잔으로 돌아왔다.

"우리 객잔에서 사용하는 식재료가 다 썩은 것들이야? 그리고 고기 값을 아끼려고 인육을 사용한다고?"

쿵.

용사등이 주먹을 말아 쥔 채 계산대를 내려쳤다.

하늘에 맹세코 그런 짓은 한 적이 없었다.

설령 용사등이 경비를 아끼기 위해 그런 지시를 한다고 해도 요리를 목숨처럼 아끼는 장유걸이 순순히 그 지시를 따를 리가 없었다.

"역시 이유가 있었어!"

갑자기 손님이 뚝 끊긴 이유는 저런 헛소문이 퍼져 있었기 때문이다.

그리고 용사등은 이 헛소문을 퍼뜨린 지저분한 놈들이 누구인지 굳이 확인하지 않아도 짐작할 수 있었다.

"태평루 짓이야!"

용호객잔의 무서운 성장에 위기감을 느낀 태평루의 총관인 허진석이 주도해서 퍼뜨린 헛소문이 틀림없었다.

"나쁜 새끼!"

어떤 식으로든 영업을 방해할 것이라 짐작했다.

하지만 설마 이렇게 비열한 방법을 쓸 것이라고는 꿈에도 예상치 못했다.

"미치고 팔짝 뛸 노릇이군!"

소문은 무서웠다.

특히 사람이 먹는 음식을 파는 객잔일수록 소문에 민감한 법이었다.

뒤늦게 그런 사실이 절대 없다고 주장한다고 해서 순순히 믿고서 다시 용호객잔을 찾을 이들이 얼마나 될까?

잘나가던 용호객잔에 다시 위기가 찾아왔다.

그것도 폐업까지 생각해야 할 정도로 상황이 심각했다.

이건 용호객잔에 넝쿨째 굴러들어 온 복덩이인 천유강을 전면에 내세운다고 해서 해결될 문제가 아니었다.

"답을 찾아야 해!"

혼자서는 어려웠다.

이 상황에 대해서 함께 고민하고 의논할 상대가 필요했다.

초조함을 감추지 못하고 계산대 앞에 앉아 있던 용사등이 가장 먼저 시선을 던진 것은 용팔이었다.

하지만 이내 고개를 절레절레 흔들었다.

아예 탁자를 하나 차지하고 앉아서 턱을 괴고 있는 용팔의 입가에는 흐뭇한 미소가 걸려 있었다.

머리통을 가르고 들여다보지 않아 확실치는 않았지만, 저 놈은 객잔에 손님이 뚝 끊겨 한가해진 이 상황을 즐기고 있으리라.

'월봉도 아까운 놈!'

주인 의식이라고는 눈곱만큼도 찾아볼 수 없는 저놈과 이 위기에 대해 의논하는 것은 아무 의미가 없었다.

다음으로 숙수인 장유걸이 떠올랐다.

그러나 장유걸 역시 탐탁지 않았다.

이미 십 년 가까이 보아온 장유걸의 성격은 불같았다.

"일단 반쯤 죽여놓고 시작합시다."

아마 용사등의 말을 끝까지 듣기도 전에 식칼을 움켜쥐고 혼자서 태평루로 달려갈 터였다.

그래서 한숨을 내쉬던 용사등에게 막 객잔 안으로 들어서는 문우령이 보였다.

'그래, 저 녀석이라면!'

용사등이 반가운 표정을 지었다.

그래도 이 객잔에서 가장 똑똑하고 말이 통하는 것이 문우령이었다.

문우령이라면 이 위기 상황을 타개할 좋은 방안을 내놓을지도 모른다는 기대와 함께 막 부르려던 찰나였다.

"돈벌레. 돈만 밝히더니 아주 꼴 좋네!"

툭 한마디를 던진 문우령은 휙 소리가 나게 등을 돌려 객잔 밖으로 나가 버렸다.

'저것들이!'

화가 치밀었다.

자신은 객잔의 주인, 그리고 저것들은 엄연히 자신에게서 월봉을 받는 직원이라는 명확한 신분의 격차가 있었다.

그런데 어찌 된 것인지 하나같이 자신을 무시하기 일쑤였다.

'성질 같아서는 다 잘라 버렸으면 좋겠네!'

혼자서 씩씩거리던 용사등에게 다가오는 천유강이 보였다.

씨익.

'참 아름다운 새끼!'

왜 웃는지는 몰랐다.

그런데 같은 사내임에도 불구하고 볼 때마다 감탄이 절로 흘러나올 정도로 천유강은 잘생겼다.

그나마 다행인 것은 이제 저 아름다운 얼굴에 좀 익숙해져서인지 처음처럼 심장이 뛰지는 않는다는 점이었다.

'쯧, 머리가 생긴 것의 반만 따라줬으면 좋았을걸!'

천유강을 지켜보던 용사등이 아쉬운 마음에 탄식을 내뱉었다.

그러나 그도 잠시, 용사등은 쓴웃음을 지었다.

원래 하늘은 공평해서 모든 것을 한 사람에게 몰아주지는 않는 법이었다.

만약 천유강이 머리까지 좋았다면 그건 너무 불공평한 처사였다.

"넌 발작만 하지 마라. 그게 날 돕는 거다!"

천유강마저 배제하고 나니 이 상황에 대해 의논할 사람은 남아 있지 않았다.

'이제 어쩌지?

한참을 고심한 끝에 용사등이 꺼내 든 것은 이야기책이었다.

용사등은 저녁까지 굶은 채 망부석이 된 것처럼 꼼짝도 하지 않고 이야기책 속으로 빠져들었다.

드르릉, 드르릉.

피곤했는지 순식간에 곯아떨어진 용팔이 코를 골기 시작했다.

그 소리가 워낙 요란한 탓에 쉽게 잠이 오지 않았다.

침상에 누운 채로 이리저리 뒤척이던 천유강은 결국 다시 일어나 벗어놓은 신발 속에 숨겨둔 돌돌 말린 종이를 꺼냈다.

9월 15일.

객잔에 손님이 조금 줄었다. 이젠 손님들 중에 낯이 익은 분들도 꽤 있다. 그중에 몇 분은 내 손을 꼭 잡은 채 자신의 이름을 알려주며 꼭 기억해 달라고 부탁했는데… 솔직히 자신없다. 며칠만 지나면 내 이름도 기억하지 못하는 판국이니까.

참, 주방의 장유걸이 오늘도 화덕에 손을 집어넣으라고 협박
했다. 식칼까지 들고서 협박하는데 아무래도 장난 같지는 않다.

정 그러면 같이 넣자고 했더니 더 이상 넣으라는 말을 하지
않았다.

9월 16일.

객잔에 손님이 뚝 끊겼다. 그래서일까? 내가 발작할 때를 제
외하곤 늘상 웃고 있던 주인어른의 입가에서 미소가 사라졌다.

태평루의 총관 놈이 수작을 부린 것이 틀림없다고 분한 표정
을 짓고 있던 주인어른은 하루 종일 굳은 얼굴로 이야기책만 뚫
어져라 보고 있다.

이런 상황에서도 손에서 책을 잠시도 놓지 않는 걸로 봐서는
역시… 춘서를 좋아하는 게 틀림없다.

그건 그렇고, 일주일에 한 번씩 발작한다고 했으니 내일이면
난 또 모든 기억을 잃을지도 모른다. 지금은 이렇게 멀쩡한데 왜
갑자기 기억을 잃어버릴까.

나도 그 이유가 궁금해서 미칠 지경이다.

천유강이 희미한 불빛을 벗삼아 종이 위에 자신이 적은 글
을 몇 번이나 읽은 후 다시 종이를 말아 신발 속에 조심스레
밀어 넣었다.

당장 내일 발작을 일으켜 지난 일주일간의 모든 기억이 사

라진다면 이 종이만이 유일한 연결 고리가 될 터였다.

'난 누굴까?'

어김없이 깃드는 생각.

그러나 답이 나올 리 없었다.

천유강은 애써 그 생각을 머릿속에서 지웠다.

어차피 고민해 봐야 머리만 아프다는 사실을 경험으로 알고 있었으니까.

다시 침상에 드러누운 천유강은 억지로 잠을 청했고, 한참만에야 간신히 잠에 들려는 찰나였다.

뎅. 뎅. 뎅.

요란한 종소리가 들려왔다.

퍼뜩 선잠에서 깬 천유강이 몸을 일으키자, 누가 업어가도 모를 정도로 깊이 잠들어 있던 용팔도 오만상을 쓰며 일어났다.

"뭔 일이야?"

"……."

"불이라도 났나?"

며칠째 머리를 감지 않아서 기름기가 잔뜩 흐르는 머리를 긁적이던 용팔이 굵은 눈곱을 떼며 투덜거렸다.

"불 났어요?"

"몰라."

"그럼?"

“비상 타종이야!”

비상 타종?

그게 뭔지는 정확히 알 수 없었다.

하지만 비상 타종이라는 이름만으로도 용호객잔에 긴급 상황이 발생했다는 느낌이 들기에 충분했다.

“우리 용호객잔의 명운이 걸린 중요하고 위급한 순간이 닥치면 주인어른이 저 비상 타종을 울려서 객잔 식구들을 모두 불러 모으지.”

그리고 예상대로 이 종소리는 중요한 의미를 지니고 있었다.

객잔의 명운이 걸린 위급한 상황에서만 울린다고 하니.

“사람 잠도 못 자게 오밤중에 갑자기 웬 비상 타종이야. 별로 중요하지 않은 것이기만 해봐라!”

하품을 하는 간간이 불평불만을 터뜨리면서도 용팔은 벗어놓은 옷가지를 주섬주섬 챙겨 입었다.

한껏 긴장된 눈빛으로.

물론 그 와중에도 용팔은 이마에 분홍색 영웅건을 두르는 것만은 잊지 않았다.

그런 용팔을 지켜보던 천유강도 덩달아 긴장했다.

아직 뭐가 뭔지 정확히 알지 못해도 현재 천유강은 용호객잔의 점소이였다.

그리고 천유강이 용호객잔을 찾아와서 허드렛일이라도 하

겠다고 고집을 피운 데에는 분명히 어떤 이유가 있을 터.

천유강으로서는 죽어도 용호객잔에 붙어 있어야 했다.

그만큼 중요한 용호객잔의 존폐 여부가 걸린 위기가 찾아왔는데 점소이로서 태연할 수는 없는 노릇이었다.

서둘러 신발을 신고 있는 용팔의 어깨를 잡은 채 물었다.

"자주 울리나요?"

용팔이 심각한 표정으로 대꾸했다.

"용호객잔이 생긴 지 언 삼십 년. 그 삼십 년의 시간 동안 비상 타종이 울린 것은 단 두 번뿐이었지."

"언젠데요?"

"주인어른이 사기를 당해서 객잔이 다른 사람 손에 넘어갈 뻔했을 때야. 그게 벌써 십 년 전이라더군."

"그럼?"

"그래, 무려 십 년 만에 울리는 두 번째 비상 타종이지!"

설명을 듣고 보니 용팔이 심각한 표정을 짓는 것도 무리가 아니었다.

뎅. 뎅. 뎅.

쉬지 않고 계속해서 울리고 있는 비상 타종 소리를 들으며 천유강도 서둘러 객잔으로 달려갔다.

비록 뒤늦게 출발했지만 천유강은 용팔을 멀찌감치 따돌렸다.

그리고 축지법(縮地法)이라도 익힌 것처럼 저만치 앞장서서 달려가고 있는 천유강의 등을 보던 용팔이 혀를 내두르며 중얼거렸다.

"저거 혹시 말로만 듣던 신법이란 것 아냐? 에이, 설마 무림고수는 아니겠지? 가만, 사기 치다 좆되는 거 아냐?"

第七章
무식한 새끼!

천유강이 객잔에 가장 먼저 도착하자 용사등이 보였다.

뎅. 뎅. 뎅.

심각한 표정으로 종을 치고 있는 용사등의 모습은 상황이 결코 가볍지 않음을 짐작케 하고도 남았다.

잠시 시간이 흐른 뒤 숨을 헐떡이며 장유걸이 식칼을 들고 달려왔고, 오른손에 도끼를 든 문우령도 객잔 안으로 들어섰다.

마지막으로 분홍색 영웅건을 이마에 두른 용팔이 두 눈을 비비며 들어선 후에야 용사등은 종을 치는 것을 멈추었다.

"무슨 일이오?"

“무슨 일이에요?”

장유걸과 문우령이 거의 동시에 질문을 던지자, 용사등은 마교와의 전면전을 선포하는 무림맹의 맹주처럼 비장하게 입을 뗐다.

“우리 용호객잔에… 커다란 기회이자 위기가 찾아왔다!”

비장한 목소리와 눈빛.

그 눈빛으로 모여 있는 객잔의 구성원들을 스윽 훑어보던 용사등의 시선은 천유강에게서 멈추었다.

“알다시피 넝쿨째 굴러들어 온 복덩이인 유강이로 인해서 우리 용호객잔은 낙양에서 손꼽히는 객잔으로 거듭날 수 있는 기틀을 마련할 수 있었다. 물론 거기에는 나의 뛰어난 상재도 한몫했다는 것을 부인할 수 없지.”

그 와중에도 자기 자랑은 빠뜨리지 않고 재빨리 설명한 용사등이 잠시 틈을 둔 뒤 다시 말을 이어 나갔다.

“그러나 화무십일홍이라 했던가? 우리 용호객잔에는 기회와 함께 위기도 동시에 찾아왔다.”

용사등의 표정은 여전히 비장했지만, 분위기 파악을 제대로 하지 못하는 용팔이 가만 있을 리 없었다.

“화무십일홍(花無十日紅)이 뭔데요?”

무식한 새끼!

마음 같아서는 욕을 한 바가지 퍼붓고 싶은 것을 간신히 참은 용사등이 한숨을 내쉬며 설명했다.

“화무십일홍! 열흘 동안 붉은 꽃은 없다는 뜻이지!”

“진짜 없어요? 난 본 것 같은데.”

참 무식한 새끼!

한숨이 절로 새어나왔다.

그리고 용사등은 저런 놈과 말을 섞고 있는 자신이 갑자기 한심하게 느껴졌다.

어울리지도 않는 분홍색 영웅건을 고집스럽게 두르고 있는 저 마빡을 두들겨 패버리고 싶었다.

하지만 그랬다가는 간신히 유지하고 있는 비장한 표정이 사라질까 걱정돼서 이번에도 참았다.

“간단히 풀어서 설명하면 한 번 성한 것은 얼마 못 가서 반드시 쇠한다는 것을 이르는 말이다.”

“아하!”

“이제 알았느냐?”

“쉽게 말해서 우리 용호객잔이 처한 상황이네요.”

참 무식한데다가 얄밉기까지 한 새끼!

뭐, 틀린 말은 아니었다.

그렇지만 말이란 아, 다르고, 어, 다른 법이었다.

같은 말이라도 어떻게 하느냐에 따라 달리 들리는 법이었다.

슬쩍 돌려서 말했으면 밉지라도 않았을 텐데.

굳이 저렇게 대놓고 까발리니 얄밉게만 보였다.

그래서 용팔의 못생긴 상판을 매섭게 째려본 용사등이 장유걸에게 시선을 고정한 채 다시 입을 뗐다.

"낙양 바닥에 우리 용호객잔이 썩은 재료를 가지고 음식을 만든다는 소문이 이미 쫙 퍼진 상태다!"

"헛소리!"

그 말이 끝나기 무섭게 장유걸이 소리쳤다.

그런 장유걸은 당장에라도 식칼을 움켜쥐고 태평루로 달려갈 기세였다.

하지만 이미 용사등은 그런 반응을 예견하고 있었다.

"장 숙수가 식칼을 들고 달려가서 그 소문을 낸 태평루의 허 총관을 죽인다고 해서 상황이 달라질까?"

"하지만……."

"한 번 퍼진 입소문은 쉽게 사라지지 않아. 은연중에 사람들의 기억 속에 깊숙이 틀어박혀 버리거든."

"……."

"하긴 장 숙수가 지금 식칼을 들고 달려간다고 해서 태평루의 허 총관을 어찌할 수도 없겠지만."

장유걸이 움찔했다.

딱히 틀린 말은 하나도 없었다.

그런데 너무 분했다.

이대로 가만히 있으면 태평루에서 퍼뜨린 그 헛소문이 사실이라는 것을 인정하는 것 같아서 견디기 힘들었다.

“그렇다고 이대로 당하고만 있을 순 없지 않습니까?”

결국 참지 못하고 장유걸이 소리치는 것을 듣던 용사둥이 희미한 웃음을 머금었다.

물론 가만히 당하고만 있을 생각은 아니었다.

저녁까지 굶고, 눈이 붉게 충혈될 때까지 이야기책을 들고 팠던 것은 단순한 재미 때문이 아니었다.

그 이야기책에서 해답을 찾기 위해서였다.

“중원의 상왕이 되기 위해서는 원래 수많은 난관을 겪게 되는 법이다.”

“잘나간다 싶더니 또 시작했네.”

그새를 못 참고 용팔이 하품을 하며 또 비아냥거리기 시작했다.

‘하여간 주인 의식이라고는 눈곱만큼도 찾아볼 수 없는 나쁜 새끼!’

용호객잔의 존폐가 걸린 대위기가 찾아왔는데 하품이라니.

손에 말아 쥐고 있던 이야기책으로 뒤통수를 후려갈겨 버리고 싶은 것을 용사둥은 간신히 참았다.

어차피 자신이 찾아낸 해법.

그 해법을 듣게 된다면 잠이 확 깰 것이 틀림없으니까.

“영웅은 어려움이 찾아온다 해도 피하거나 돌아가지 않고 맞서는 법. 난 이 난관을 타개하기 위해 태평루에 하나의 제안을 할 생각이야.”

“무슨 제안요?”

“바로 요리 대결이지!”

“헐!”

용사등의 예상은 틀리지 않았다.

잠이 확 달아난 듯 용팔의 눈동자가 초롱초롱해졌으니까.

그리고 혹시 잘못 들은 게 아닐까 하고 새끼손가락을 들어서 귀를 후벼 파던 용팔이 탄식하듯 중얼거렸다.

“이야기책이 멀쩡한 사람 하나 버려놨네!”

장유걸이 눈을 껌벅였다.

평소에는 용팔이 비아냥거리는 것을 듣고 인상을 찌푸렸을 텐데 지금 이 순간만큼은 그럴 생각도 하지 못했다.

아니, 오히려 맞장구를 치고 싶었다.

갑자기 요리 대결이라니.

그것도 태평루와.

태평루의 주방을 이끄는 대숙수가 누구인가?

신설수 모방인이었다.

신의 혀와 손놀림을 가졌다 알려져서 이름 앞에 신설수란 별호가 붙었고, 한때는 황궁 숙수까지 지냈던 자였다.

그 사실을 모를 리 없는 용사등이 이런 제안을 하다니.

이건 무모해도 너무 무모했다.

“사람들의 뇌리 속에 틀어박혀 있는 거짓 소문을 제거하는 데는 이것만큼 확실한 방법이 없다. 수많은 사람들이 지켜보는 가운데 태평루의 음식보다 우리 용호객잔의 음식이 더 훌륭하다는 사실을 보여주기만 한다면 지금 시중에 나돌고 있는 헛소문 따위는 금세 사라질 것이다. 아니, 고작 그 정도로 끝나지 않을 게야. 지금 용호객잔에 찾아온 위기는 엄청난 기회로 바뀔 것이다!"

이런 장유걸의 속내를 아는지 모르는지, 용사등은 그사이에도 굵은 침을 튀겨가며 열변을 토해내고 있었다.

뭐, 틀린 말은 아니었다.

솔직히 구구절절 옳은 말들이었다.

태평루의 총관인 허진석의 지시로 낙양 바닥에 퍼진 헛소문을 잠재우기에 요리 대결을 펼쳐 이기는 것만큼 좋은 방법은 없었다.

그뿐이 아니었다.

태평루와의 요리 대결에서 승리를 거둔다면 용호객잔은 지금 찾아온 위기를 커다란 기회로 바꿀 수도 있었다.

신설수 모방인이 만들어내는 음식을 먹기 위해 태평루를 찾는 미식가들의 발걸음을 용호객잔으로 돌려놓을 수 있을 테니까.

그렇지만… 이 모든 것을 얻기 위해서는 선결 과제가 있었다.

바로 태평루와의 요리 대결에서 승리를 거두어야만 했다.

‘어려운 일이지!’

다른 숙수도 아닌 신설수 모방인이었다.

지난 이십여 년 동안 요리에 미쳐서 살았지만 여전히 거대한 벽처럼 느껴지는 자!

“어때? 자신있지?”

물론 자신이 없었다.

그래서 은근한 눈길을 보내며 대답을 재촉하는 용사등에게 힘없이 고개를 가로저으려는 찰나, 용팔이 먼저 나섰다.

“에이, 그게 가당키나 한 일이에요? 태평루의 대숙수가 누군데. 진짜 노망났어요? 벌써 잊어버렸어요? 황궁 숙수까지 지냈던 신설수 모방인이라구요. 우리 장 숙수 실력으로 무슨 수로 모방인을 이겨요?”

조금 신랄하긴 했지만 사실이었다.

굳이 용팔이 먼저 나서지 않았더라도 장유걸 역시 비슷한 대답을 했으리라.

그런데 가만히 듣다 보니 슬쩍 부아가 치민다.

저 얄미운 새끼!

태평루의 대숙수인 모방인이 대단하다고는 하나, 장유걸 역시 형편없는 솜씨를 가진 것은 아니었다.

실제로 장사도 안 되는 용호객잔에서 썩지 말고 객잔을 옮기라는 제의도 몇 번씩이나 받았던 터였다.

“아무리 돈독이 올랐어도 이건 아니에요. 다른 곳도 아닌 태평루와 요리 대결을 펼치겠다니, 제정신이에요?"

그로 인해 살짝 표정이 굳어졌던 장유걸이 이어진 문우령의 말을 듣고서 결국 미간을 찌푸렸다.

비록 허드렛일이나 돕는 주방 보조에 불과하다 하나 문우령은 주방에서 장유걸과 가장 긴 시간을 함께한 자였다.

그래서 힘들긴 하겠지만 불가능한 것도 아니라고 말하며 용기를 북돋아줄 것이라 기대했는데.

용팔보다 표현이 조금 덜 신랄했을 뿐, 이야기의 내용은 대동소이했다.

이제는 부아가 치미는 것으로 모자라 화가 났다.

철이 들자마자 요리가 좋아서 무작정 주방으로 찾아갔다.

그동안 무시를 당하고 수모를 겪고 이용당한 것이 한두 번이 아니었다.

하지만 그 모든 것을 오직 요리에 대한 일념으로 참고 견디며 간신히 이 자리까지 오게 되었는데.

지난 시간들의 노력과 수고가 모두 부정당하는 것 같아서 견디기 힘들었다.

"못된 놈들!"

식칼이라도 휘둘러서 이 분을 풀고 싶었다.

다행히 자신을 대신해서 용사등이 먼저 나서서 용팔과 문우령에게 벌컥 화를 냈다.

"우리 장 숙수가 어디가 어때서 그딴 말을 하느냐? 너희들이 몰라서 그렇지, 지금껏 요리에 미쳐서 산 것이 장 숙수다. 네놈들이 상상도 못할 만큼 노력했고, 또 뛰어난 요리 실력을 가졌단 뜻이다. 그렇지 않은가?"

용사등이 은근한 시선을 던지고 있었다.

평소라면 이야기책을 너무 많이 읽어서 현실 감각이 사라진 탓에 저리 무모한 일을 벌였다고 욕했을 터였다.

그리고 저 시선이 부담스러워 피했으리라.

그러나 지금은 아니었다.

자신을 향해 보여주고 있는 용사등의 은근한 시선에는 단 한 점의 의심도 깃들어 있지 않았다.

그가 지금 자신에게 보내주고 있는 절대적인 믿음이 그렇게 고마울 수 없었다.

"왜 대답이 없나? 이길 수 있겠지?"

용사등이 보내고 있는 저 믿음을 배신하고 싶지 않았다.

꼭 그리하고 싶었다.

그럼에도 불구하고 쉽게 대답할 수 없었다.

그 이유는 바로 자신이 상대해야 할 자가 태평루의 대숙수인 신설수 모방인이라는 사실 때문이었다.

'내가 과연 이길 수 있을까?'

다시 한 번 스스로에게 반문해 보았지만 답은 여전히 달라지지 않았다.

'어려워!'

결국 도저히 이길 수 없다고 대답하기 위해 떨구고 있던 고개를 드는 순간, 천유강이 보였다.

씨익.

자신을 향해 웃고 있는 천유강을 마주하자 맥이 빠졌다.

지금이 얼마나 심각한 상황이고, 대체 무슨 이야기가 오가고 있는지 천유강은 전혀 알지 못하는 듯했다.

아니, 솔직히 관심도 없는 듯했다.

'하긴 지가 누군지도 모르는 병신이 무슨 생각이 있겠어?'

속으로 욕을 하며 그 웃음을 외면했다.

그런 장유걸의 머릿속으로 퍼뜩 천유강에 대한 기억이 스쳐 지나갔다.

겁도 없이 뜨거운 화덕 속으로 불쑥 손을 집어넣더니 갑자기 파란색 불꽃을 만들어내던 모습.

가히 환상적인 칼 솜씨로 닭을 손질하던 모습.

'저놈만 도와준다면 가능할지도 몰라!'

그 기억이 떠오르자 갑자기 희망이 솟구쳤다.

도저히 넘을 수 없는 벽이라 여겼던 모방인을 어쩌면 넘을 수도 있겠다는 자신감이 깃들었다.

그리고 자신을 믿고 있는 용사등에게도 긍정적인 대답을 돌려주고 싶었기에 천유강을 가리켰다.

"너!"

"저요?"

“그래, 너. 날 도와줄 수 있나?”

이제 천유강의 대답만이 남았다.

그래서 숨을 죽인 채 대답을 기다리고 있던 장유걸의 앞으로 천유강이 다가오며 마침내 입을 뗐다.

“난… 누구죠?”

“용호객잔의 점소이이자 위기에 처한 용호객잔을 구할 희망이지!”

“희망… 요?”

“그래, 그것도 유일한 희망이지!”

어느새 일주일이 흘렀고, 천유강은 어김없이 발작했다.

*　　*　　*

“직접 찾아왔다고? 어지간히 급했나 보군.”

김이 모락모락 올라오는 뜨거운 차를 마시고 있던 허진석이 차가운 웃음을 머금었다.

“그냥 돌려보낼까요?”

“아닐세.”

“하지만…….”

“궁금하군. 직접 찾아와서 대체 어떤 하소연을 할지 말이야.”

허진석이 신형을 일으켰다.

저벅저벅.

그로부터 얼마 지나지 않아 발소리와 함께 계단을 통해 삼 층으로 오르고 있는 용사등이 보였다.

총 삼 층으로 이루어진데다가 각 층마다 백여 명을 수용할 수 있는 큰 규모.

그리고 여느 객잔에서는 찾아보기 힘든 화려하면서도 고풍스러운 집기들에 놀란 듯 용사등은 입을 살짝 벌리고 있었다.

그 모습이 섬에서만 살다가 도시로 처음 나와 본 어린아이와 다를 바 없어 실소를 머금고 있던 허진석이 앞으로 나가 맞이했다.

"저를 찾으셨다 들었습니다."

정중하게 인사를 건네는 그의 입가에 더 이상 실소는 머물러 있지 않았다.

평상시에 손님을 맞이할 때마다 보여주는 특유의 푸근하면서도 잔잔한 미소를 머금고 있었다.

"용호객잔의 주인인 용사등이네."

"알고 있습니다. 전에 한 번 뵌 적이 있으니까요."

"벌써 십 년도 더 된 일이라 잊은 줄 알았는데."

"제가 맡은 직책이 있다 보니 한 번 만난 사람의 얼굴은 절대 잊지 않습니다. 그런데 무슨 일로 저를 찾으셨습니까?"

용사등의 염소 수염이 파르르 떨렸다.

그것을 확인한 허진석이 살짝 놀란 표정을 지었다.

여기까지 찾아온 이상, 시중에 떠돌고 있는 소문을 낸 것이 자신임을 이미 알고 찾아왔을 터였다.

그런 만큼 당장에 멱살부터 움켜쥘 거라 예상했다.

그러나 그 예상은 보기 좋게 빗나갔다.

표정 관리가 제대로 되지 않기는 했지만 용사등은 염소 수염을 파르르 떠는 것으로 용케 참아내고 있었다.

'의외군!'

그래서 허진석이 속으로 생각할 때, 용사등이 입을 뗐다.

"제안을 하나 하러 왔네."

"제안요? 어떤 제안입니까?"

"요리 대결을 펼치고 싶네."

"요리 대결?"

허진석이 슬쩍 입꼬리를 말아 올렸다.

현실 감각이 없는 자라는 것은 이미 알고 있었다.

하지만 이렇게 무모한 제안을 할 줄이야.

오죽했으면 용호객잔이 어려움에 처해서 아예 정신이 나간 게 아닐까 하는 걱정이 들 정도였다.

"진심이십니까?"

"물론 진심이네."

"이유가 뭡니까?"

"중원의 상왕이 되기 위해서네!"

하마터면 큰 소리로 웃을 뻔했다.

이렇게 뜬금없는 대답을 할 줄은 몰랐기에.

그런데 용사등의 표정이 너무 진지했다.

신기할 정도로.

"혹시 피하진 않겠지?"

'정말 할 생각이로군!'

허진석의 두 눈이 흔들렸다.

격장지계라는 것이 눈에 뻔히 보였다.

사실 따지고 보면 허진석이 이 뜬금없는 제안을 받아들일 이유는 전혀 없었다.

이미 자신이 주도해 낸 거짓 소문이 퍼진 이상 가만히 두어도 용호객잔은 거의 끝이라고 봐야 했다.

그런데 왜일까.

허진석은 묘한 흥미를 느꼈다.

저 엉뚱하기 그지없는 노인네가 이렇게 자신만만한 이유가 무엇인지 궁금해졌다.

어쩌면 저 어설픈 격장지계가 통한 것인지도 몰랐다.

이렇게 승부욕이 발동하는 것을 보니.

'굳이 피할 필요가 없지!'

태평루의 대숙수는 신설수 모방인.

그에 반해 용호객잔의 숙수는 장유걸이었다.

장유걸의 실력이 형편없지는 않지만, 황궁 숙수까지 지냈던 모방인과 비교한다면 큰 차이가 있었다.

게다가 허진석은 여전히 찜찜했다.

용호객잔에 새로 들어온 점소이인 천유강이란 존재가.

'이참에 확실히 끝내는 편도 나쁘지 않지!'

허진석이 마침내 결정을 내리고 입을 뗐다.

"받아들이겠습니다."

"후회할 텐데."

"오히려 제가 드릴 말씀인 것 같습니다만."

용사등이 부리는 허세를 가벼이 받아넘기며 허진석이 물었다.

"그럼 언제쯤이 좋을까요?"

"정확히 엿새 뒤로 하세."

'응? 엿새 뒤에는 무슨 수가 있단 말인가?'

이것만은 절대 양보할 수 없다는 듯 단호하게 대답하는 용사등에게 허진석은 다시 흥미를 느꼈다.

"왜 하필 엿새 뒤입니까?"

그래서 던진 질문에 용사등이 지체없이 대꾸했다.

"새로 주방 보조가 하나 들어왔는데 머리가 좀 많이 나빠. 기껏 가르친 걸 다 잊어먹기 전에 해야 한다네."

                    *   *   *

내 이름은 천유강.

낙양에 위치한 용호객잔의 점소이다.

신기한 것은 내가 일하고 있는 용호객잔이다.

꼬박 하루가 다 지나가는데도 객잔을 찾는 손님이 단 한 사람도 없다.

장사가 안 돼서인지 객잔 주인인 용사등은 하루 종일 인상을 쓰고 있다.

성격이 무척 더러운 것 같다.

한때는 빈자리가 없을 정도로 장사가 잘되었다고 하는데, 아무래도 거짓말을 하는 것 같다.

어쨌든 나는 약 한 달 전에 용호객잔에 찾아왔다고 한다.

왜 찾아왔는지는 모른다.

그전에 무엇을 했는지도 모른다.

당장 하루 전의 일도 기억하지 못하는데 기억할 수 있을 리가 없다.

그리고 지금의 나는 용호객잔의 유일한 희망이라고 한다.

대체 내가 왜 희망인지는 모른다.

아무도 설명해 주지 않으니까.

지금 현재 내가 알고 있는 것은 이게 전부다.

아, 하나 더 있다.

지금 내 곁에 서 있는 사내의 이름은 장유걸.

용호객잔의 숙수인 이 사내는… 참 나쁜 사람이다.

"이제 준비됐나?"

"싫다니까요."

"넌 할 수 있다!"

"못할 것 같은데."

"할 수 있다니까. 아니, 무조건 해야 한다!"

천유강이 한숨을 내쉬었다.

장유걸과 함께 화덕 앞에서 실랑이를 벌인 지 어언 한 시진.

어떤 설명도 없었다.

장유걸은 밑도 끝도 없이 화덕에 손을 밀어 넣으라고 명령하고 있었다.

그리고 무턱대고 자신을 믿으라는 말만 반복하고 있었다.

'뭘 보고 믿으라는 건지?'

기억이 아무것도 나지 않을 뿐 천유강도 바보는 아니었다.

시뻘건 불길이 솟구치고 있는 저 화덕 안으로 손을 집어넣으면 엄청 뜨거울 거라는 것 정도는 알았다.

게다가 장유걸은 딱 봐도 험상궂게 생겼다.

딴에는 귓가에 입을 가져다 대고 달콤한 사랑의 밀어를 속삭인다 해도 협박처럼 들릴 정도로.

그리고 지금껏 자신이 어떤 삶을 살아왔는지는 몰라도, 장유걸의 협박에 굴하고 싶지는 않았다.

"싫다니까요."

"휴우!"

천유강이 끝까지 버티자 장유걸이 한숨을 내쉬었다.

그런 그가 식칼을 움켜쥐었다.

'이젠 식칼을 들고 협박하려는 건가?'

손질을 잘해서인지 식칼은 날이 제대로 서 있었다.

게다가 어지간한 뒷골목 건달들은 명함도 못 내밀 정도로 인상이 험악한 장유걸의 손에 들려 있는 탓에 더욱 위협적으로 느껴졌다.

그러나 이상하게 두렵지는 않았다.

빛에 반사되어 흩뿌려지는 식칼의 예기가 오히려 익숙하고 반가웠다.

하마터면 손을 뻗어 저 식칼을 움켜쥘 뻔했을 정도로.

"잘 보거라!"

장유걸이 굳이 말하지 않아도 천유강은 식칼에서 시선을 떼지 못하고 있었다.

허공으로 솟구쳤던 식칼이 단숨에 도마 위로 떨어져 내렸다.

콰직.

섬뜩한 소음과 함께 닭 모가지가 잘려 나갔다.

그리고 그 후로도 장유걸의 손에 들린 식칼은 멈추지 않았다.

배를 가르고 내장을 빼낸 후, 각 부위별로 잘라 손질하기까지.

불과 반 각도 흐르지 않아 장유걸은 닭 한 마리의 손질을 마쳤다.

　그제야 식칼을 도마 위에 내려놓으며 장유걸이 물었다.

　"어떠냐?"

　"잘하네요."

　솔직하게 대답했다.

　그의 솜씨는 흠잡을 데 없을 정도로 훌륭했으니까.

　그러나 장유걸은 고개를 좌우로 흔들었다.

　"아직 멀었다."

　"그래요?"

　"너는 나보다 더 잘할 수 있다."

　"……?"

　"이젠 네 차례다!"

　엉겁결에 식칼을 건네받았다.

　손에 착 감기는 식칼의 손잡이.

　슬쩍 비틀 때마다 흩뿌려지는 예기는 황홀할 지경이었다.

　짜릿한 흥분이 밀려왔다.

　왜인지는 모르겠지만.

　그리고 자신도 모르는 사이 호승심이 깃들었다.

　'될까?'

　가능할 것 같았다.

　아니, 무조건 가능하다는 믿음이 있었다.

　슈아악.

장유걸이 닭을 손질하라고 건넨 식칼은 도마 위로 떨어지지 않았다.

천유강의 손을 떠난 식칼은 허공을 갈랐다.

그 식칼은 마침 살아 있는 닭을 한 마리 잡아서 주방으로 돌아오던 장유걸의 미간을 노리고 파고들었다.

워낙에 가까운 거리였던데다 식칼이 날아드는 속도 역시 빨랐다.

장유걸로서는 피할 엄두도 내지 못할 정도로.

그래서 눈을 화등잔만 하게 뜬 장유걸이 그 식칼을 멍하니 바라볼 때, 천유강의 미간이 찌푸려졌다.

스윽.

그때였다.

장유걸의 미간을 노리고 파고들던 식칼의 방향이 슬쩍 바뀐 것은.

콱.

벽에 기댄 채 엉거주춤하게 서 있던 장유걸의 왼쪽 귀를 아슬아슬하게 스쳐 지나간 식칼이 벽에 틀어박힌 채 바르르 떨렸다.

"좀 피곤하네요."

"그, 그래!"

"쉴게요."

여전히 엉거주춤 서 있는 장유걸을 남겨둔 채 천유강이 신형을 돌렸다.

다리가 후들거릴 정도로 온몸에 힘이 없었다.

그리고 천유강이 주방을 나서자마자 스르르 바닥에 주저앉은 장유걸이 반쯤 넋이 나간 채 중얼거렸다.

“저 새끼, 진짜 정체가 뭐야?”

“손 이리 내봐!”

문우령은 다짜고짜 손을 낚아챘다.

행여나 다치거나 상한 곳이 없을까 꼼꼼히 살피던 문우령은 아무 이상이 없다는 것을 확인한 후에야 안심한 기색이었다.

하지만 분이 풀린 것은 아니었다.

이유는 모르겠지만 콧김을 씩씩 내뿜고 있는 문우령을 물끄러미 지켜보던 천유강이 자신의 손을 들어 올렸다.

‘부드럽네!’

조금 전 닿은 문우령의 손은 사내답지 않게 무척이나 부드러웠다.

“돈벌레가 돈독이 제대로 올랐어.”

그런 천유강은 이내 고개를 갸웃했다.

지금 문우령에 대해 알고 있는 것은 그가 용호객잔의 주방 보조와 허드렛일을 도맡아 하는 존재라는 사실이었다.

‘저렇게 주인어른 욕을 해도 되는 거야?’

그런데 문우령은 용호객잔의 주인인 용사등을 돈벌레라 불렀다.

일말의 거리낌도 없이.

심지어 용사등이 곁에 있어도 주저하지 않고 욕을 했다.

'원래 이런 건가?'

그래서 천유강이 의문을 품고 있는 사이, 문우령이 불쑥 얼굴을 들이밀었다.

"너!"

"왜?"

"정신 바짝 차려, 돈벌레의 수작에 놀아나지 않으려면!"

충고는 고마웠지만 쓸데없는 짓이었다.

어차피 차릴 정신도 없었다.

뭐가 기억나는 게 있어야 정신을 차리던가 말던가 하지.

게다가 문우령은 가뜩이나 없는 정신을 쏙 빼놓았다.

갑자기 문우령이 얼굴을 들이밀었다.

숨을 내쉬면 맞닿을 거리까지.

"나만 믿어!"

예고도 없이 불쑥 얼굴을 들이민 문우령이 입을 뗄 때마다 향긋하기 그지없는 내음이 풍겼다.

그리고 귓가를 간질이고 있는 부드럽고 달콤한 입김까지.

'왜지?'

이상하게 가슴이 두근거렸다.

주체할 수 없을 만큼.

"너, 뭐 해?"

"아무것도 안 했는데."

"근데 왜 혼자 얼굴이 벌게지고 그래? 너 설마?"

"……."

"느낀 거야?"

문우령이 경계하는 표정을 지은 채 슬쩍 뒤로 물러났다.

그 모습을 지켜보던 천유강이 이번에는 오히려 문우령의 앞으로 다가가서 불쑥 얼굴을 들이밀었다.

"왜, 왜 이래?"

"너도 얼굴이 붉어."

"그, 그런데?"

"그럼 너도 느낀 거야?"

"무슨 말도 안 되는… 난 그런 거 아니거든. 무조건 아니니까……."

얼굴이 더욱 붉어진 채 문우령은 횡설수설했다.

그런 그의 앞으로 더 바싹 다가간 천유강이 슬쩍 손을 내밀었다.

스윽.

그 손이 문우령의 왼쪽 가슴에 닿았다.

"뭐 해?"

"궁금해서."

“뭐가?”

“내 심장이 뛰거든. 너도 같은가 해서.”

“…….”

“너도 가슴이 뛰는구나!”

“……?”

“그런데 너 가슴이… 좀 크다!”

쫘악.

문우령이 사정없이 뺨을 때렸다.

피할 틈도 없이 뺨을 얻어맞고 나서 천유강이 한숨을 내쉬었다.

“내가 또 뭘 잘못했나?”

잔뜩 화가 났는지 어깨를 들썩이며 걸어나간 문우령이 사라지고 나자 기다렸다는 듯이 용팔이 다가왔다.

“너, 맞았냐?”

“네.”

“왜?”

“몰라요.”

“쯧쯧, 아프냐?”

“…….”

“미안하지만 이번에는 나는 안 아프다!”

뭐가 그리 재밌는지 낄낄거리고 있던 용팔이 갑자기 언성을 높였다.

“그나저나 우리 주인어른이나 장 숙수는 확실히 제정신이
아니야!”

신이 나서 용팔이 소리를 질렀다.

하지만 주방에서 치미는 호승심에 객기를 부린데다가 문
우령에게 뺨까지 얻어맞고 난 천유강에게는 대꾸할 힘도 남
아 있지 않았다.

맞장구를 쳐줄 힘도 없어서 그냥 가볍게 고개를 끄덕이자
용팔은 다시 한 번 열변을 토해냈다.

“멀쩡하게 잘 자고 일어나서는 갑자기 태평루와 요리 대결
을 하자고 하질 않나, 불길이 시뻘겋게 치솟는 화덕에 손을
밀어 넣으라고 하질 않나.”

“…….”

“하여간 엄한 이야기책이 멀쩡한 사람 여럿 망쳐 놨다니
까.”

용팔의 이야기는 그 후에도 한참을 이어졌다.

하지만 피곤하니 만사가 귀찮았다.

그래서 대충 고개를 끄덕이고 있을 때, 용팔이 갑자기 진지
한 눈빛으로 천유강을 뚫어져라 바라보기 시작했다.

어지간히 비위가 좋은 사람도 오래 쳐다보기에는 부담스
런 용팔의 얼굴.

게다가 천유강은 체질적으로 비위가 좋은 편이 아니었다.

“왜 그래요?”

슬쩍 고개를 돌리려 했지만 뜻대로 되지 않았다.

용팔이 양손을 뻗어 천유강의 얼굴을 고정시킨 채 얼굴을 들이밀었다.

어지간한 개미굴보다 큰 땀구멍.

반쯤 벌어진 입술 사이로 드러난 뻐드렁니.

벌리고 있는 입술에서 흘러나오는 심한 악취.

굳이 보려고 노력하지 않아도 속이 훤히 들여다보이는 콧속의 이물질까지.

'참아야 해!'

어떻게든 참아보려 했다.

하지만 자꾸만 올라오는 헛구역질을 참기가 쉽지 않았다.

이제 더 이상 참는 것은 무리라고 생각될 때 용팔이 물었다.

"진짜 기억 안 나?"

"그래요."

"아무것도?"

더는 참기 힘들었다.

그래서 서둘러 고개를 끄덕인 천유강이 간신히 고개를 돌렸을 때, 용팔이 히죽 웃으며 말했다.

"나만 믿어!"

"왜요?"

"너는 기억나지 않아서 잘 모르겠지만 이 객잔의 사람들은 모두 심계가 무서운 자들이야. 어떻게든 너를 이용해서 자신들의 잇속만 챙기려고 하지. 하지만 난 믿어도 돼. 나 믿지?"

사실 생긴 것만 놓고 보면 가장 믿음이 가지 않았다.

그렇지만 서둘러 고개를 끄덕였다.

용팔의 얼굴을 더 마주하고 싶지 않아서.

"그래, 아무 걱정 하지 말고 나만 믿어. 어려운 일이 있으면 언제든지 이야기하고, 돈이나 금붙이 같은 것을 들고 있으면 위험하니까 얼른 나한테 맡기는 것도 잊지 말고."

용팔은 어깨를 두드려 준 뒤 침상에 드러누웠다.

비로소 용팔에게서 벗어났다는 안도감에 천유강은 일단 한숨을 내쉬었다.

그러나 여전히 헛갈렸다.

용사등, 장유걸, 문우령, 용팔까지.

모두 약속이라도 한 듯이 자신만 믿으라고 말하고 있었다.

문제는 아무 기억이 나지 않으니 모든 것이 명확하지 않다는 것이었다.

게다가 더 헛갈리는 것은 좀 전에 열거했던 사람들이 별로 친하지 않은 것 같다는 데 있었다.

틈만 나면 서로 헐뜯고 있는 게 증거였다.

"휴우."

결국 답을 찾지 못하고 답답한 한숨을 내쉰 천유강도 침상으로 들어가기 위해 신발을 벗었다.

툭, 데구루루..

뭐지?

꼬깃꼬깃하게 접힌 종이가 바닥으로 떨어졌다.

천유강이 의아한 표정으로 그 종이를 주워 들 때, 침상에 누워 있던 용팔이 혼잣말처럼 중얼거렸다.

"장 숙수는 죽었다 깨어나도 신설수 모방인을 못 이겨. 하도 실력이 없어서 모방인에게서 쫓겨났던 장 숙수가 무슨 재주로 이겨?"

"……"

"청출어람 청어람(靑出於藍 靑於藍)? 그거야 이야기책에서나 나오는 허무맹랑한 이야기지."

물론 천유강이 모방인이 누군지 알 리가 없었다.

그러니 관심도 없었고.

대신 조금 전 바닥에서 주워 든 종이를 펼쳐 든 천유강은 마치 석상처럼 굳어진 채 읽어 내려가기 시작했다.

그러기를 한참.

천유강이 어느새 코를 골며 깊이 잠든 용팔을 바라보며 중얼거렸다.

"진짜 믿어도 될까?"

第八章
내게도 소중해요

"나만 믿거라."

아침이 되어 객잔으로 들어서자마자 계산대에 앉아서 책을 읽고 있던 용사등이 가장 먼저 반겼다.

음침하게 축 처진 눈꼬리.

사람 좋아 보이는 푸근한 웃음.

그리고 맞잡은 손에서 전해지는 따뜻한 체온까지.

"중원의 상왕이 되겠다는 큰 포부를 지닌 내가 널 속이겠느냐? 아무 의심하지 말고 나만 믿고 따르거라."

하마터면 순순히 넘어갈 뻔했다.

지금 꺼내고 있는 말도 그럴듯하고, 생긴 것도 용팔과는 비교할 수 없을 정도로 신뢰가 가게 생겼으니까.

그러나 예전과는 달랐다.

비록 일주일에 한 번씩 기억을 잃어버린다고 해도, 신발을 벗다가 발견한 접힌 종이를 통해 어느 정도의 상황 파악은 가능했으니까.

'춘서광!'

용사등은 춘서를 좋아했다.

밥은 걸러도 손에서 책을 떼지 않을 정도로.

저 푸근한 웃음도 자신을 향해 보내는 것이 아닐 수도 있었다.

마음에 쏙 드는 춘서를 발견한 탓에 흡족해하고 있을 가능성이 컸다.

게다가 다음으로 다가온 문우령이 꺼낸 말은 용사등에 대한 신뢰를 한 번에 무너뜨리기에 충분했다.

"중원상왕은 얼어죽을, 돈벌레 주제에. 저 영감 말은 하나도 믿지 마. 이 객잔에서 믿을 사람은 나뿐이야."

"……."

"그러니까 내가 시키는 대로만 해!"

문우령이 열변을 토해냈다.

하지만 얼굴을 붉게 물들인 채 말하고 있는 문우령도 그다지 미덥지 않은 것은 마찬가지였다.

"왜 대답이 없어? 너, 설마 저 돈벌레를 믿는 건 아니겠지?

그래, 네 멋대로 하다가 실컷 이용이나 당해, 이 변태 자식
아!"

　문우령은 역시 이상했다.

　정작 자신은 가타부타 대답도 하지 않았는데 혼자서 열을
내고 두 눈에 눈물까지 글썽이며 돌아섰다.

　'내가 왜 변태지?'

　의아해하던 천유강이 고개를 끄덕였다.

　실룩실룩.

　종이에 적혀 있던 내용은 모두 사실이었다.

　문우령은 확실히… 엉덩이가 컸다.

　다음으로 다가온 것은 용팔이었다.

　용팔은 심각한 표정을 지은 채 목소리를 잔뜩 낮추고 속삭
였다.

　"여긴 그냥 평범한 객잔이 아니야!"

　"그럼요?"

　"복마전이지."

　"복마전요?"

　복마전(伏魔殿).

　풀이하면 마귀가 숨어 있는 전각이란 뜻으로 나쁜 일이나
음모가 쉼없이 진행되고 있는 악의 근거지를 비유하는 말이
었다.

　이야기책을 좋아하는 용사등이 워낙 자주 사용하는 말이

었기에 용팔도 기억하고 있는 몇 되지 않는 어려운 말 중 하나였다.

"자그마한 허점도 드러내지 마. 네가 허점을 드러내는 순간 벌 떼처럼 달려들어서 널 이용하려 할 테니까."

겁이라도 줄 요량이었을까.

용팔이 인상을 잔뜩 찌푸린 채 덧붙였다.

굳이 인상까지 쓰지 않아도 피하고 싶은 건 마찬가지인데.

"그러니까 나만 믿어!"

엉겁결에 고개를 끄덕였다.

그러나 용팔을 완전히 믿는 것은 아니었다.

갖은 음모와 흉계가 난무하는 용호객잔이라는 복마전에서 믿을 수 있는 사람은 아무도 없었다.

그리고 결정적인 이유가 하나 더 있었다.

"아직 내 돈을 돌려줬는지 알 수 없어!"

천유강이 자그맣게 중얼거릴 때 누군가가 뒷덜미를 낚아챘다.

그 주인공은 바로 장유걸이었다.

"이렇게 노닥거릴 시간이 없다. 어서 가자."

"어딜요?"

"알면서!"

장유걸의 말처럼 알고 있었다.

또 화덕 앞으로 끌고 갈 것이라는 사실을.

장유걸에게 끌려가면서 천유강은 생각을 정리했다.

용호객잔이라는 복마전에서 대체 누구를 믿어야 할지 몰랐지만, 확실한 것은 하나가 있었다.

장유걸은 절대 믿어서는 안 될 인물이라는 사실이었다.

당연한 말이지만 전혀 신뢰하지 않는 장유걸의 협박에 못 이겨 화덕에 손을 밀어 넣을 생각은 추호도 없었다.

용호객잔이 낙양에 세워진 지 어언 삼십 년.

비가 올 때도, 눈이 올 때도, 심지어 천재지변이 발생했을 때도 용호객잔은 단 한 번도 문을 닫은 적이 없었다.

바로 용사등이 내건 영업 철칙 때문이었다.

"어떤 경우에도 우리 객잔을 찾아오신 고마운 손님이 헛걸음을 하게 만들 수는 없다!"

그럴듯한 말이었다.

하지만 그 속에 숨은 뜻이 있다는 것을 모르는 사람은 없었다.

"가뜩이나 장사도 안 되는데 남들 놀 때 같이 놀아서야 될까?"

뭐, 그 속뜻이야 어찌 됐든 그런 연유로 인해 개점이래 단 한 번도 쉰 적이 없었던 용호객잔이 지난 나흘간 아예 문을 닫아버렸다.

"어차피 손님도 없잖아요."

용팔이 비꼬듯 꺼낸 말도 거짓은 아니었다.

낙양 바닥에 썩은 재료에다가 인육까지 사용한다는 거짓 소문이 돌면서 용호객잔에는 개미 새끼 한 마리 얼씬거리지 않았으니까.

하지만 용사등은 전혀 다른 이유로 문을 걸어 잠갔다.

내부 수리 중이라는 새빨간 거짓말로.

그렇다고 해서 용호객잔의 구성원들이 한가했던 것은 아니었다.

오히려 평소보다 더 바빴다.

우선 용팔과 문우령은 발로 뛰면서 낙양 거리에 용호객잔과 태평루의 요리 대결이 열린다는 소식이 적힌 벽보를 붙였다.

"얼마나 크게 망신을 당하려고 이럴까?"

"돈벌레의 최후가 멀지 않았네!"

용팔과 문우령 모두 크게 내키지는 않았지만 용사등의 지엄한 명을 거부할 수는 없는 노릇이었다.

그리고 용사등은 아예 작정한 듯 이야기책에 파묻혔다.

마치 대과에 도전하려는 서생처럼 중원상왕이란 이야기책

이 너덜너덜해질 때까지 읽고 또 읽었다.

하지만 역시 가장 바쁜 것은 장유걸이었다.

아니, 좀 더 정확히 말하면 가장 속이 많이 타는 사람이었다.

시간은 속절없이 빠르게 흘러갔고 태평루와 용호객잔의 요리 대결이 불과 하루 앞으로 다가와 있었으니까.

그에 반해 가장 한가한 것은 천유강이었다.

주방 한 켠에 자리 잡고 서서 마치 방관자처럼 팔짱을 낀 채 한 발자국도 움직이지 않았다.

심지어 장유걸이 화를 참지 못하고 내던진 식칼이 귀밑을 스치고 지나갔을 때도 신형을 움직여 피하지 않았다.

"정신만 나간 줄 알았더니 고집도 더럽게 센 놈!"

그렇게 대치하듯 노려보기를 한참, 장유걸은 결국 화를 참지 못하고 식칼을 도마 위로 집어 던져 버렸다.

손질하던 도중에 그만둬서 아무렇게나 살점이 뜯겨져 나간 닭과 오리들.

산산조각 난 채 바닥에 흩어져 있는 깨진 그릇의 조각들.

그리고 아무렇게나 바닥을 뒹굴고 있는 야채들까지.

주방 안은 마치 폭탄이라도 터진 것처럼 엉망이었다.

발 디딜 틈도 찾기 힘들 정도로 엉망인 주방 내부였지만 장유걸은 용케 빈 공간을 차지하고 있었다.

군데군데 금이 가 있는 벽에 등을 기댄 채 주저앉아 있던 장유걸이 씁쓸한 시선으로 주방을 훑어보았다.

용호객잔의 규모가 크지 않은 만큼 주방도 그리 넓은 편은 아니었다.

비슷한 규모를 지닌 다른 객잔들과 비교한다 해도 오히려 좁은 편이었다.

그렇지만 이 좁은 주방이 장유걸에게는 전부였다.

철 솥, 그릇, 식칼, 때 묻은 벽, 군데군데 금이 가 있는 바닥 까지.

어느 하나 자신의 손때가 묻어 있지 않은 것이 없었다.

그래서 단 한 번도 이렇게 어지럽히고 방치했던 적이 없었 는데…….

'이젠 부질없는 짓이지!'

손에 잡히는 감자를 들고 억지로 몸을 일으켜 습관처럼 치우려 했던 장유걸이 고개를 흔들었다.

불과 하루 앞으로 다가온 태평루와의 요리 대결.

좀 더 정확히 말하면 신설수 모방인과의 요리 대결에서 이 길 자신이 없었다.

그리고 만약 자신이 지게 된다면 용호객잔은 끝이었다.

당연히 자신의 전부라 해도 과언이 아닌 이 주방도 사라질 터였고.

"고집불통!"

그래서 저놈이 더 미웠다.

'저놈만 도와준다면? 그때처럼 파란색 불꽃만 만들어준다면? 지난번처럼 닭을 완벽하게 손질해 준다면?

장유걸이 지난 나흘간 천유강에게 기대했던 것들이었다.

그리고 이건 헛된 바람이 아니었다.

천유강에게 그만한 능력이 있다는 사실을 이미 확인했었으니까.

그런데 문제는 저 빌어먹을 놈이 꿈쩍도 않는다는 것이었다.

부탁도 해봤고, 얼러보기도 했고, 협박도 했었다.

심지어 맞힐 작정을 하고 식칼을 내던진 적도 있었다.

하지만 무슨 짓을 해도 천유강은 요지부동(搖之不動)이었다.

결국 먼저 지쳐서 포기하고 나가떨어진 것은 자신이었다.

"꼴도 보기 싫으니 그만 나가거라!"

"……."

"하긴 너처럼 못된 놈에게 뭔가를 기대했던 내 잘못이 크지 어디 네놈의 잘못이 크겠느냐?"

"……."

"모두가 내 착각이었다. 용호객잔, 그리고 이 주방. 내게는 목숨보다 더 소중한 장소지. 그래서 당연히 너도 그럴 것이라 여겼는데 그게 잘못된 생각이었다. 하긴 네게 있어 용호객잔이 무어 그리 중요할까?"

감정이란 것은 참 기복이 심했다.

아까까지만 해도 저놈이 지독하게 미웠는데, 모든 것을 내려놓아 버리자 미움이라는 감정마저도 스르르 녹아버렸다.

그래서일까.

넋두리라도 늘어놓고 싶었다.

이런다고 해서 달라지는 게 없다는 건 잘 알고 있었지만 이 넋두리를 들어주는 사람이 있다는 것이 좋았다.

어차피 며칠 지나지 않아 다 잊어버리고 기억도 못할 병신이었지만.

'하긴 그 편이 더 나을지도 모르지!'

다시 피식 실소를 터뜨리며 장유걸은 오래전 기억을 더듬었다.

"무작정 태평루로 찾아갔을 때 내 나이 스물둘이었다. 다른 사람들에 비하면 입문이 무척 늦은 편이었지. 그래도 요리가 좋았다. 그리고 이왕 시작할 거면 최고라 알려진 사람에게서 배우고 싶어서 무작정 태평루를 찾아갔었다. 다행히 태평루의 주방에서는 그런 나를 받아들여 주었다. 그렇게 일을 배우기 시작했고. 처음 삼 년간은 청소와 설거지 같은 허드렛일만 했다. 삼 년이 흐르고 나서야 처음으로 칼을 잡을 수 있었지만 크게 나아진 것은 없었다. 야채를 손질하고 양파 껍질을 벗기는 것만 이 년 동안 했으니까. 그래도 즐거웠었다, 주방에 있을 수 있다는 사실만으로도."

그래, 그때는 그랬었다.

눈물을 펑펑 쏟아내며 하루 종일 양파 껍질을 벗길 때도 힘들다는 생각을 해본 적이 없었다.

그저 주방이라는 공간에 머물 수 있다는 것이 좋았다.

그리고 그 주방에서 신설수 모방인이 요리를 만드는 것을 곁에서 지켜볼 수 있다는 사실만으로도.

"객잔의 영업이 끝나고 주방에 불이 꺼지면 그때부터가 내 세상이었다. 곁눈질로 살피면서 기억해 두었던 대로 요리를 만들고 또 만들었지. 손바닥에 잡혔던 물집이 굳은살이 되어 박히는 것은 다반사였고, 손에 화상을 입는 것도 부지기수였다. 그렇지만 그 노력이 헛되지 않아서 태평루 주방에 들어간 지 오 년 만에 철 솥을 잡을 수 있었다. 묵직한 철 솥을 마침내 내 손으로 움켜쥐었을 때는 그렇게 기쁠 수가 없었는데."

그래, 그날은 밤새 잠도 이루지 못했었다.

마침내 오랜 꿈을 이룬 것 같아서.

그렇지만 그 행복은 오래가지 못했다.

"난 숙수가 아니었다. 내 손으로 만들 수 있는 요리는 아무것도 없었다. 객잔의 손님들에게 내가는 요리는 모두 모방인이 만든 것들이었다. 그게 화가 났다. 그렇게 삼 년이 흘렀을 무렵, 더는 참지 못하고 사고를 쳤다. 손님에게 내가는 요리에 모방인의 지시를 무시하고 내 방식대로 만든 요리를 내보

냈거든. 어떻게 됐을까? 궁금하지?"

"……."

"신기하게도 아무 문제도 없었다. 손님은 아주 맛있게 음식을 먹었고, 그걸 보며 자신감을 얻었지. 그런데 꼬리가 길면 결국 잡히는 법이더구나. 태평루에서도 미식가로 소문난 손님이 객잔을 찾았을 때 호승심이 생겼다. 저 손님이라면 내 요리를 정확히 평가해 줄 것이라는 생각을 했고 그 예상은 들어맞았다. 다른 손님들은 눈치채지 못했던 아주 미묘한 맛의 차이를 꿰뚫어 보았지. 그런데 더 대단한 게 뭔지 아나? 그 손님은 모방인이 지금까지 내놓았던 요리들과 비교해도 거의 손색이 없다고 평가해 주며, 맛있게 잘 먹었다고 내 어깨를 두드려 주었다. 내가 만든 음식을 맛있게 먹었다는 그 말을 듣는 순간 그렇게 기쁠 수가 없었는데……."

그게… 비극의 시작이기도 했다.

모방인은 주방에서 어느 누구보다 엄격한 사람이었다.

그 사실을 알아채자마자 자신을 태평루의 주방에서 쫓아냈다.

그리고 그뿐이 아니었다.

모방인은 자신의 앞길도 철저히 틀어막았다.

낙양에 존재하고 있는 어느 객잔에서도 다시 발을 붙이지 못하도록 모질게 손을 써두었으니까.

"갈 곳이 없었다. 그렇게 막막할 수가 없었지. 내가 원한 것은 그저 작은 주방뿐인데 그걸 찾을 수가 없었으니까. 그때 날 받아준 곳이 바로 용호객잔이었다. 태평루의 총관이 직접 나서서 은근슬쩍 협박까지 가했지만 주인어른은 눈도 꿈쩍하지 않으셨지. 그리고 내게 이 주방을 내주셨지.”

“……”

“나중에 그 이유에 대해 물었을 때 주인어른은 이렇게 대답하셨다. 송충이는 솔잎을 먹어야 한다고. 가만히 두면 방황하다 나쁜 길로 빠질 것 같아서 날 받아주셨다고 하더군. 신경 쓰지 말라고 하셨지만 그래도 이게 빚처럼 느껴진다면 언젠가 갚으라고 덧붙이시면서. 이번에 모방인을 이겨서 그 마음의 빚을 갚으려고 했는데… 결국 그런 기회는 찾아오지 않을 것 같구나.”

이제 정말 마지막이란 생각이 들었다.

그래서 자신의 손때가 묻어 있는 그릇들을 어루만지고 있던 장유걸이 슬쩍 눈살을 찌푸렸다.

“…해요.”

모기가 앵앵대듯 자그마한 목소리.

제대로 알아듣지 못하고 다시 천유강을 바라보다 보니 갑자기 피식 하고 실소가 터져 나왔다.

지난 나흘간, 마치 벙어리라도 된 것마냥 단 한마디도 하지 않던 천유강이었다.

한데 정작 모든 것을 포기하고 나가라고 하자 처음으로 입을 뗐다.

“뭐라 했느냐?”

“용호객잔, 나에게도 소중해요.”

“……?”

“여기에 찾아온 이유가 있을 테니까요.”

그 이야기를 듣고 장유걸이 눈을 치켜뜰 때 천유강이 성큼성큼 걸음을 옮겨 화덕 앞으로 다가갔다.

“뜨겁겠죠?”

“아마!”

“설마 한 번도 화덕에 손을 넣어본 적 없어요?”

“난 미치지 않았다.”

“정말 한 번도 없어요?”

“그랬다면 내 손이 이렇게 멀쩡하지 않았겠지.”

“……?”

“하지만 넌 괜찮을 것이다. 날 믿어라.”

물론 믿기 어려웠다.

일주일에 한 번씩 기억을 통째로 잃어버리긴 하지만 천유강도 바보는 아니었다.

이 뜨거운 화덕에 손을 넣는데 괜찮을 거라는 게 말이 안되니까.

그러나 마음을 바꾼 이유는 장유걸 때문이었다.

마치 어린 자식의 머리를 쓰다듬듯이 주방의 집기들을 조심스레 어루만지는 그의 손길에는 진한 아쉬움이 묻어 있었요.

그리고 조금 전 넋두리처럼 털어놓았던 그의 이야기에는 진심이 담겨 있었다.

'못 믿을 사람인 줄 알았는데.'

그래서 마음을 열지 않았다. 어떤 부탁을 해도 들어주지 않았었고.

그런데 장유걸의 진심을 확인하고 나서 마음이 움직였다.

마음이 움직이자 비로소 손도 움직였다.

스윽.

화덕으로 손을 밀어 넣었다.

"앗, 뜨거!"

"괜찮으냐?"

"진짜 뜨겁… 지 않네요."

이제 밀려들 고통을 참기 위해 이를 악물고 있다가 고개를 갸웃했다.

장유걸의 말이 사실이었다.

이 뜨거운 화덕에 손을 밀어 넣었는데도 뜨겁지 않았다.

마치 거짓말처럼.

그런데 다른 문제가 생겼다.

"파란 불꽃이 일어나지를 않네요."

장유걸이 원한 것은 파란 불꽃이었다.

하지만 화덕 속에 밀어 넣은 손을 휘휘 저어가면서 아무리 용을 써도 파란 불꽃은 일어나지 않았다.

'이제 어쩌지?'

한참을 고민해 보았지만 마땅한 수가 있는 것도 아니었다.

예전에 파란색 불꽃을 만들어냈다는 이야기를 장유걸에게 들었지만, 그때 무슨 수를 썼는지 기억날 리 없었다.

전에 그런 일을 했다는 것조차도 기억하지 못했으니까.

잔뜩 실망한 표정을 짓고 있을 장유걸을 예상하고 천유강이 고개를 돌렸다.

그러나 그 예상은 빗나갔다.

"이럴 수가?!"

장유걸의 표정에 실망한 기색은 없었다.

두 눈을 화등잔만 하게 크게 뜨고서 화덕에서 피어오르는 불꽃을 바라보던 그가 더듬거리며 말했다.

"흰색… 눈처럼 흰색 불꽃이야!"

"그래서 답답하네요."

천유강이 말 그대로 답답한 표정을 짓고 있을 때 장유걸이 질문했다.

"넌 대체… 정체가 뭐냐?"

第九章
요리 대결

용호객잔

드디어 결전의 날이 밝았다.

평소라면 한창 점심 영업에 바쁠 태평루였지만, 오늘은 평소와 달랐다.

태평루의 총관인 허진석이 이번 요리 대결을 위해 과감하게 점심 영업을 포기하기로 결정했기 때문이다.

평소 객잔의 가운데를 차지하고 있던 탁자들은 구석자리로 밀려났고, 그 공간에는 요리 대결을 위해 임시 주방이 만들어졌다.

그럼에도 불구하고 태평루 안은 사람들로 붐볐다.

용팔과 문우령이 발품을 팔아가면서 낙양 전역에 방을 붙인 효과가 있은 탓인지, 객잔 안은 발 디딜 틈도 없을 정도였다.

"역시 태평루의 총관이라서 그런지 통이 크네. 점심 영업까지 포기하면서 객잔을 개방하다니."

"벌써 생긴 것부터 돈벌레하고 달리 부티가 나잖아. 감히 어떻게 꾀죄죄한 돈벌레하고 비교를 해?"

"내가 다 부끄럽다."

"웃기고 있네."

"왜?"

"너도 부끄럽기는 마찬가지거든."

"칭찬이지?"

"하아, 못생겼으면 머리라도 좋던가. 어쨌든 옆에 서 있기 부끄러우니까 그 촌스러운 분홍색 영웅건이라도 벗는 게 어때?"

"촌스럽다니. 이게 얼마짜린지나 알아?"

"알고 싶지도 않거든."

그들 틈에 섞인 채 용팔과 문우령이 옥신각신하기 시작했다.

그들의 대화를 듣던 허진석의 입가로 차가운 웃음이 떠올랐다.

분명 용호객잔의 사람들인데도 불구하고 객잔의 주인인 용사등을 욕하고 서로를 헐뜯느라 여념이 없었다.

'한심하군!'

속으로는 비웃음을 흘렸지만 겉으로는 평소와 다름없는 푸근한 미소를 지은 채 허진석이 용사등에게 다가갔다.

"아직 늦지 않았습니다."

"무슨 소린가?"

"자신이 없으시면 지금이라도 포기하셔도 됩니다."

"걱정 말게, 우리가 이길 테니까."

용사등은 일말의 망설임도 없이 대꾸했다.

'대체 뭘 믿는 거지?'

하여간 속을 알 수 없는 늙은이였다.

결과가 불 보듯 뻔한데도 전혀 주눅 들지 않았다.

저 밑도 끝도 없는 자신감과 배짱은 배우고 싶을 정도였다.

그리고 저 당당한 얼굴을 마주하고 나자 불안해졌다.

혹시 비장의 한 수를 감추어둔 것이 아닐까 하고.

"자신이 있으신가 봅니다."

"물론이네. 새로운 주방 보조가 실력이 괜찮은 편이거든."

"그래요?"

"그리고 중원의 상왕이 될 내가 여기서 질 수는 없지 않은가?"

허진석이 코웃음을 쳤다.

또 뜬금없이 중원상왕 타령을 시작하고 있었다.

현실 감각이 없다는 것은 익히 알고 있었지만, 기가 차서 말도 나오지 않았다.

'저놈인가?'

슬쩍 미간을 찌푸리고 있던 허진석의 눈에 잘생긴 청년이 들어왔다.

전설상의 미남자들인 송옥과 반안의 뺨따귀를 치고 남을 정도로 잘생긴 용호객잔의 신입 점소이.

귀가 따갑도록 소문을 접했다.

그리고 실제로 마주하고 나서 그 소문이 과장이 아니었음을 알 수 있었다.

'잘생겼군!'

그저 서 있는 것만으로도 그림이 되었다.

그런데 이상한 것은 저 신입 점소이가 용호객잔의 숙수인 장유걸의 곁에 나란히 서 있다는 것이었다.

'설마?'

분명히 점소이라 들었었다.

하지만 지금 서 있는 위치로 봐서 저놈이 주방 보조 역할을 할 듯 보였다.

그리고 그 예상은 빗나가지 않았다.

"어떤가?"

"뭐가요?"

"우리 용호객잔의 새로운 주방 보조 말일세. 잘생기지 않았나?"

"잘생겼군요. 그런데 요리는 얼굴로 하는 게 아니라는 게
문제죠."

"흥!"

"그리고 소문으로는 점소이라 들었었는데."

"나도 몰랐는데……."

"……?"

"요리에도 재능이 있더라고."

점소이를 갑자기 주방 보조로 내보내다니.

용사등의 이야기를 듣는 순간 가슴 한구석에 자리 잡고 있
던 한 가닥 불안감마저 완전히 사라졌다.

"주인부터 시작해서 점소이까지. 정상적인 게 하나도 없
군."

허진석의 입꼬리가 말려 올라갔다.

"뭘 해도 아름다운 내 새끼!"

"저요?"

"그래. 부탁 하나만 하자."

"뭔데요?"

"끝날 때까지 발작만 하지 마!"

천유강의 앞에 서서 신신당부를 하고 있는 용사등을 힐끗
살핀 장유걸이 희미한 웃음을 머금었다.

원래라면 자신이 하려고 했던 부탁이었는데.

용사둥이 먼저 나서서 대신 해주었으니 할 일이 사라진 셈이었다.

그래서 고개를 돌리자 모방인이 보였다.

한때는 넘을 수 없는 벽이라 여겼던 자.

그리고 스승과 제자의 관계였지만, 시간이 흘러 적으로 만난 셈이었다.

그때 마침 모방인도 고개를 돌렸고, 자연스레 시선이 마주쳤다.

"오랜만이군! 이런 자리에서 다시 만나게 될 줄은 꿈에도 몰랐는데."

마치 학동들을 가르치는 서당의 노선생처럼 인자한 웃음을 지은 채 모방인이 먼저 인사를 건넸다.

그러나 장유걸은 마주 웃을 수 없었다.

저 인자한 웃음 뒤에 감추어져 있는 독심(毒心)을 잘 알고 있었기 때문에.

무려 십 년에 가까운 시간 동안 진심으로 믿고 따랐던 스승이었다.

그런데 그 긴 세월은 헛된 물거품이 되었다.

단 한 번의 실수로 인해서.

'왜 그랬습니까?

다시 얼굴을 마주하게 되자 그 당시의 기억이 떠오르면서 화가 치밀었다.

물론 자신에게도 잘못이 있었다.

엄격한 주방의 규율을 어겼으니까.

그러나 겨우 한 번의 실수였다.

만약 당시의 모방인이 넓은 아량으로 한 번만 눈감아주었다면 이런 식으로 마주하게 되지는 않았을 텐데.

"설마 날 이길 수 있을 거라 생각하나?"

"그야 부딪쳐 봐야 알지 않겠습니까?"

"건방진 것은 여전하군!"

끌끌 혀를 차는 모방인의 입가에는 여전히 웃음이 머물러 있었다.

그러나 그런 그의 두 눈에서 새파란 독기가 떠올랐다가 사라진 것을 장유걸은 놓치지 않았다.

그리고 그것을 확인하자 오히려 마음이 편해졌다.

'건방지다?'

모방인은 눈꼬리를 파르르 떨면서 비난했다.

하지만 그의 눈동자가 흔들리는 것을 보며 확신했다.

모방인이 일부러 자신을 자극하고 있다는 사실을.

'날 신경 쓰고 있어!'

그 말을 끝으로 돌아선 모방인의 등이 보였다.

한때는 저 등이 그렇게 크고 넓어 보일 수 없었다.

하나 지금은 아니었다.

작고 왜소했다.

‘어쩌면 그런 게 아니었을까?

그리고 그 왜소한 모방인의 등을 바라보다 보니 퍼뜩 그런 생각이 들었다.

당시의 모방인은 자신을 두려워했던 것이 아닐까 하는.

“그래, 그랬을지도 몰라.”

주방의 규율은 지독하리만큼 엄격했다.

모방인이 절대 자신의 비법을 공개하거나 전수하지 않았음에도 불구하고 장유걸은 스스로의 노력과 재능으로 그를 따라잡았다.

물론 완벽하게 따라잡지는 못했다.

그렇지만 십 년도 걸리지 않아서 모방인과 필적할 정도로 실력이 늘어 있는 자신을 보며 섬뜩하리만큼 불안했으리라.

“정녕 그 이유 때문이라면 더 실망입니다.”

모방인을 밀어내고 태평루의 대숙수 자리를 차지한다?

그런 야심 따위는 없었다.

그저 요리가 좋았다.

자신이 만든 음식을 손님들이 맛있게 먹어주는 것이 좋았다.

당시나 지금이나 그거면 충분했는데…….

‘해볼 만하다!’

이건 허세가 아니었다.

모방인은 태평루 대숙수라는 자신의 자리를 지키는 데 혈

안이 되어 있었다.

당연히 요리에 대한 열정과 새로운 도전은 제자리걸음이었을 터.

그에 반해 장유걸은 지난 시간 동안 꾸준히 노력했다.

모방인이라는 목표가 있었기에 나태해질 수 없었다.

더구나 잃을 것이 없었기에 마음껏 도전할 수 있었다.

별것 아닌 것처럼 보이겠지만, 그 마음가짐의 차이가 만들어내는 결과는 분명히 다를 터였다.

그리고 하나 더.

지금 장유걸은 비밀 병기라 불러도 좋을 천유강과 함께였다.

"약속하마!"

"뭘요?"

"이번에 네 도움으로 이기게 된다면 용호객잔의 주방을 언제든지 사용할 수 있도록 해주겠다."

장유걸에게 있어서 용호객잔의 주방은 전부라고 해도 과언이 아닌 소중한 곳이었다.

자신을 제외한 다른 이의 손길이 닿는 것을 극도로 싫어하는 장유걸로서는 엄청난 선심을 쓴 것이었다.

"필요없어요."

그러나 천유강의 반응은 시큰둥했다.

평소였다면 자신의 호의가 거절당한 것에 대해 화를 냈겠지만 오늘은 달랐다.

　장유걸은 피식 웃으며 말했다.

　"하여간 네놈은 알다가도 모르겠구나."

　"알잖아요."

　"응?"

　"용호객잔의 신입 주방 보조란걸. 그리고……."

　"……?"

　"용호객잔을 누구 못지않게 아끼는 사람이죠!"

　씨익.

　저 자식, 웃으니 너무 잘생겼다.

　굳게 잠겨 있던 자신의 마음속 빗장까지 열어젖혀 버렸을
정도로.

　피식.

　마주 바라보며 실소를 터뜨린 후 장유걸이 소리쳤다.

　"이제 시작하자!"

　동파육(東坡肉).

　송나라의 유명한 시인인 소동파가 즐겨 먹어서 동파육이
란 이름이 붙은 요리였다.

　간단하게 말한다면 일종의 돼지고기 조림이라고 할 수 있
는 동파육이 이번 요리 대결의 과제였다.

　일반적인 경우라면 본격적인 요리를 맛보기 전에 입맛을

돋우기 위해서 전채 두 종류를 준비하는 법이다.

그리고 요리를 먹은 후 기름기로 텁텁한 입안을 개운하게 하기 위해서 후채 역시 두 종류 정도를 준비한다.

하지만 이번 대결에서는 전채와 후채를 모두 배제하기로 했다.

그 제안을 먼저 꺼낸 것은 모방인이었다.

그가 이런 제안을 꺼낸 이유는 각기 다른 전채와 후채를 내놓을 경우, 그로 인해 판정에 혼란을 줄 수 있다는 것 때문이었다.

얼핏 듣기에는 그럴듯한 이유.

하지만 장유걸은 모방인이 꺼내놓은 표면적인 이유 뒤에 숨겨져 있는 진짜 이유가 있음을 진즉에 눈치챘다.

전채와 후채의 경우에는 딱히 종류가 정해져 있지 않았다.

다시 말해서 어떤 재료를 써서 어떤 종류의 음식을 내놓아도 무방했고, 그만큼 변수가 많다는 뜻이기도 했다.

그리고 모방인이 이 제안을 한 진짜 의도는 철저하게 변수를 줄이려는 것이었다.

그 사실을 진즉에 눈치챘음에도 불구하고 장유걸이 제안을 받아들인 이유는 주어진 시간 때문이었다.

동파육을 완성하기까지 주어진 시간은 반 시진.

비록 동파육이 조리법이 복잡한 요리는 아니라고 하나 넉넉한 시간도 아니었다.

더구나 용사등이 대결을 시작하기 전에 특별히 부탁한 것
이 있었기에 촌각을 아껴서 시간을 분배해야 했다.

막상 대결이 시작되자 장내는 조용해졌다.

숨이 막힐 듯한 적막을 먼저 깨고 움직인 것은 모방인이었
다.

미리 준비해 둔 두툼한 돼지고기의 살점을 물이 팔팔 끓고
있는 철 솥에 통째로 밀어 넣었다.

'청화!'

철 솥이 올려져 있는 화덕을 살핀 장유걸이 침음성을 터뜨
렸다.

예상대로 화덕에서 피어오르고 있는 불꽃은 선명한 파란
색이었다.

보통의 붉은색 불꽃이 피어오르는 화덕이었다면 돼지고기
를 통째로 넣은 후 최소한 일각은 끓여야 했으리라.

하지만 청화의 화력은 그 시간을 반으로 줄였다.

약 반 각이 흐른 후 모방인은 철 솥에서 삶은 돼지고기를
건졌다.

김이 무럭무럭 올라오는 삶은 돼지고기 살점을 도마 위에
올려놓은 후, 모방인은 지체없이 식칼을 들었다.

"모든 요리는 준비에서부터 시작된다."

평소 그의 지론대로였다.

모방인의 손에 들린 식칼은 눈이 부실 정도로 예기를 뿌리고 있었다.

제대로 삶긴 돼지고기 살점 위로 잘 손질된 식칼이 다가갔다.

타타타타탁.

조용한 장내에는 식칼이 도마와 부딪치는 소리만이 흘러나왔다.

거의 손이 보이지 않을 정도로 빠른 손놀림.

괜히 모방인의 이름 앞에 신설수란 별호가 붙은 것이 아니었다.

"와!"

"대단한데!"

그 광경을 지켜보고 있던 구경꾼들이 감탄성을 터뜨리기 시작했다.

그 감탄성으로 인해 흥이 난 듯 모방인의 손놀림은 더욱 빨라졌고, 순식간에 돼지고기를 얇게 저미는 작업을 마쳤다.

'과연 모방인이다!'

슬쩍 곁눈질로 살피고 있던 장유걸이 속으로 감탄을 터뜨렸다.

딱히 흠잡을 부분이 없었다.

워낙 손놀림이 빨라서 삶은 돼지고기가 채 식기도 전에 작업을 마쳤다.

게다가 마치 자로 재고 자른 듯, 잘려 나간 돼지고기의 두께는 일정하고 적당했다.

다음으로 얼음이 잔뜩 섞인 물에 삶은 돼지고기를 집어넣었다 건진 모방인이 양념을 만들기 시작했다.

'미리 준비해 두었을 수도 있었으나 처음부터 다시 만드는군!'

대파와 생강, 노두유 등등.

돼지고기 특유의 노린내를 잡기 위한 양념의 재료들이 깔끔하게 손질된 후, 또 다른 철 솥으로 들어갔다.

철 솥 속에서 그 양념들이 졸여지는 동안 모방인은 얼음이 둥둥 떠 있는 누런색 액체가 담긴 접시를 꺼냈다.

'뭐지?'

장유걸로서도 저 누런색 액체가 무엇인지 알 수가 없었다.

그사이에 자신만만한 표정으로 삶은 돼지고기를 얼음이 뜬 접시에 담갔다 빼는 작업까지 마무리한 후에야 모방인은 길게 한숨을 내쉬었다.

말로 설명했기에 무척이나 길게 느껴졌지만, 이 모든 작업을 모두 마치는 데 소요된 시간은 불과 이각.

소매를 들어 이마에 맺힌 땀을 닦아낸 모방인이 그때까지도 가만히 손을 놓고 있는 장유걸을 발견하고서 코웃음을 쳤다.

“일찌감치 포기했나?”

“…….”

“동파육이 비교적 간단한 요리라 알려져 있기는 하지만 그 맛을 제대로 내면서 완성하는 데는 족히 반 시진은 걸리지. 얼추 이각이 지난 것 같은데… 완성은커녕 돼지고기를 삶을 수나 있을까?”

모방인은 노골적으로 비웃음을 던졌다.

하지만 장유걸은 마땅히 대꾸할 말을 찾지 못했다.

비꼬는 듯한 어투가 거슬리기는 했지만 틀린 말이 아니었다.

이미 승부가 결정 났다는 듯 자신만만한 기색의 모방인의 표정을 확인하고 나자 입안이 썼다.

'대체 뭘 하고 있단 말인가?'

초조함으로 인해 입술이 바싹 말라왔다.

그리고 짜증 섞인 눈으로 주위를 살필 때, 마침내 어디론가 사라졌다가 뒤늦게 모습을 드러낸 용사등이 보였다.

“이놈이 갑자기 도망을 치는 바람에…….”

진흙탕에서 뒹굴기라도 한 걸까.

볼품없는 염소 수염을 휘날리며 달려온 용사등의 옷은 흙이 묻어서 엉망이었다.

그리고 숨을 헐떡이고 있는 용사등의 품에는 살이 통통하게 올라 있는 새끼 돼지 한 마리가 안겨 있었다.

꾸에엑.

자신의 품에서 벗어나기 위해 발버둥 치고 있는 새끼 돼지를 힐끗 살핀 장유걸이 한숨을 내쉬었다.

원래 주어졌던 반 시진에서 이미 절반 가까이 흐른 상황.

'늦어도 너무 늦었어!'

불쑥 포기하고 싶다는 생각이 들 정도로 남은 시간이 부족했다.

하지만 지금 포기할 수는 없었다.

그랬다가는 용호객잔이 문을 닫아야 할 테니까.

"지금 살아 있는 돼지를 가져와서 뭘 하려는 건가? 설마 여기서 저 돼지를 잡아 고기를 손질하겠다는 건 아니겠지?"

모방인이 새끼 돼지를 보며 어이없다는 표정을 지었다.

하지만 불행히도 그 예상이 맞았다.

모방인을 슬쩍 째려본 후, 장유걸이 호기심 어린 표정을 짓고 있는 구경꾼들을 향해 입을 뗐다.

"지금부터 한눈팔지 말고 똑똑히 보시오."

어지간한 사람은 오금이 저릴 정도로 험악한 인상을 지은 채 구경하고 있는 중인들의 시선을 일일이 마주친 장유걸이 덧붙였다.

"우리 용호객잔에서 썩은 재료를 사용한다는 헛소문은 나도 들었소. 하지만 그건 사실이 아니오. 용호객잔의 주방을 책임지는 내 명예를 걸고 그게 사실이 아니라는 것을 바로 여기서 증명해 주겠소.”

용사등이 이번 요리 대결에 앞서 특별히 부탁한 것은 이것이었다.

썩은 재료를 사용한다는 헛소문을 불식시키기 위해, 아예 살아 있는 돼지를 즉석에서 손질해서 요리를 만들자고.

그리고 장유걸은 그 제안을 받아들였다.

문제는 용사등이 이 새끼 돼지를 끌고 오다가 놓치는 바람에 발생했다.

이제 남은 시간이 턱없이 부족했다.

더 지체하지 않고 장유걸은 새끼 돼지를 천유강에게 넘겼다.

“용호객잔의 운명은 네 손에 달려 있다!”

이건 과장이 아니었다.

기세 좋게 큰소리를 쳤지만 남겨진 시간이 너무 부족했다.

천유강이 조금의 실수도 없이 가진바 실력을 모두 드러내야지만 간신히 시간에 맞추어 동파육을 완성할 수 있을 터였다.

그런데 또 다른 문제가 생겼다.

식칼을 움켜쥔 천유강이 전혀 움직일 생각을 않았다.

당장 시작한다 해도 시간을 맞출 수 있을지 의문인데, 마치 석상처럼 굳어진 채 가만히 서 있기만 했다.

장유걸의 속이 까맣게 타들어가는 것은 당연지사.

"왜 시작하지 않느냐?"

더 기다리지 못하고 재촉하자 천유강이 고개를 돌렸다.

그리고 그 시선을 마주한 장유걸의 가슴이 철렁하고 내려앉았다.

'발… 작?'

두 눈에 초점이 사라져 있었다.

그리고 저 멍한 눈빛은 무척이나 익숙했다.

이미 몇 번이나 경험했으니까.

"너… 설마?"

"난… 누구죠?"

하필이면 지금 발작을 일으키다니.

눈앞이 캄캄해졌다.

그리고 두 다리에서 스르르 힘이 빠져나가서 하마터면 바닥에 주저앉을 뻔했을 때였다.

"농담이에요."

씨익.

천유강이 웃으며 손에 든 식칼을 움직이기 시작했다.

이런 심각한 상황에 어울리지 않는 농담이라니.

뒤통수를 한 대 후려갈기려던 장유걸이 움찔하며 멈추었다.

그리고 반쯤 넋이 나간 채 천유강의 손에 들린 식칼이 만들어내는 놀라운 광경을 멍하니 바라보기 시작했다.

바르르.

아직 어린 돼지의 떨림이 손을 타고 전해졌다.

아무리 말을 하지 못하는 미물이라 하나 지금 자신이 처한 상황이 심상치 않음을 눈치챘기 때문이리라.

"아프지 않을 거야!"

어린 돼지의 등을 부드럽게 쓰다듬으며 식칼을 들었다.

그 손길로 인해 안정을 되찾은 듯 떨림이 완전히 잦아든 후에야 비로소 식칼을 움직이기 시작했다.

샥.

샤사삭.

식칼이 돼지의 배 부위를 얇게 가르고 들어갔다.

직사각형 모양으로 껍질을 벗기자 붉은 속살이 모습을 드러냈다.

꿀. 꿀.

아직 통증을 느끼지 못하는 듯 콧구멍을 기분 좋게 벌렁거리고 있는 새끼 돼지를 확인하고 식칼을 고쳐 쥐었다.

지금부터가 중요했다.

아무리 조심했다 하나 시간이 지나면 통증이 찾아올 터.

통증을 느낀 새끼 돼지가 긴장하게 되면 자연스레 고기가 질겨질 터였다.

그리고 그때는 모든 것이 도로아미타불이었다.

당연히 그전에 모든 작업을 서둘러 끝내야 했다.

슥.

서걱.

조금 전 모방인과 비교해도 손색이 없을 정도로 식칼이 빠르게 움직였다.

마치 대패질을 한 것처럼 아주 얇게 저민 갈비 근처의 살점들이 도마 위로 쌓였다.

"저거 보여?"

"말도 안 돼!"

"피가 나지 않잖아!"

증인들이 웅성거리며 장내가 소란스러워지기 시작했지만, 잔뜩 집중하고 있는 터라 제대로 들리지 않았다.

'이 정도면 충분해!'

동파육을 만드는 데 필요한 고기의 양은 이것으로 충분했다.

새끼 돼지는 더 이상 필요하지 않았다.

"이제 가!"

그래서 천유강이 새끼 돼지를 미련없이 바닥에 내려놓았다.

꾸웨엑.

그제야 통증을 느낀 것일까.

말 그대로 돼지 멱따는 소리를 내기는 했지만, 새끼 돼지는 고통에 겨워하면서도 객잔 안을 네 발로 뛰어다니기 시작했다.

"이게 어떻게 된 거야?"

"살아 있잖아!"

"배가 갈라졌는데도 어떻게 움직이지?"

중인들의 감탄성이 흘러나왔지만 천유강은 여전히 바빴다.

"이제 시작할까요?"

"응?"

"미친 짓을 시작해야죠."

"그, 그래!"

붉은 불꽃이 솟구치는 화덕을 노려보고 있던 천유강이 주저하지 않고 화덕 속으로 손을 밀어 넣었다.

'대체 무슨 꿍꿍이지?'

요리 대결이 시작된 지 이미 꽤나 시간이 흘렀다.

그사이 자신은 바삐 움직였건만 장유걸은 별다른 움직임이 없었다.

어미 새가 벌레를 잡아와서 벌리고 있는 입속에 넣어주기를 기다리는 아기 새처럼 멀뚱히 서 있기만 했다.

'염탐?'

처음에는 그리 생각했다.

자신이 동파육을 만드는 과정을 면밀히 살피고 있는 거라고.

그런데 그 생각이 바뀐 것은 조금 전이었다.

동파육을 완성시키기까지 원래 주어진 시간은 반 시진.

그 반 시진에서 어느덧 절반이 흘렀고, 이제 남은 시간이 고작 이각밖에 없다는 사실을 깨닫는 순간 이 대결에서 승리를 확신했다.

설령 자신이 나선다 해도 남은 시간 안에 동파육을 완성하는 것은 무리였으니까.

그런데 아직 끝이 아니었다.

요리 대결의 과제가 어제 동파육으로 결정이 났을 때 자신은 미리 사용할 고기를 손질해 두었다.

하지만 장유걸은 아니었다.

어디선가 끌고 온 살아 있는 새끼 돼지를 즉석에서 손질할 요량이었다.

'무모하기 그지없군!'

이젠 더 지켜볼 필요도 없었다.

그래서 졸이고 있던 양념장의 상태를 확인하기 위해 시선을 돌리려는 찰나, 도저히 믿기 어려운 광경이 눈에 들어왔다.

'저놈은 뭐야?'

순식간에 배를 가르고 살점을 잘라낸 식칼을 놀리는 노련한 솜씨는 감탄을 자아내기에 충분했다.

그런데 더 놀라운 것은 배가 갈라지고 살점까지 잘려 나간 새끼 돼지였다.

죽기는커녕 네 발로 멀쩡하게 뛰어다니기까지 했다.

'이럴 수가!'

거의 평생을 숙수로 살아왔지만 이런 기사를 본 적은 없었다.

아니, 이런 기사를 보기는커녕 마주하게 될 날이 있으리라는 것조차 꿈에서도 예상치 못했다.

'저게 가능하단 말인가?'

당장에라도 객잔 안을 뛰어다니고 있는 저 새끼 돼지를 잡아와서 대체 무슨 수를 썼는지 확인하고 싶었다.

그러나 이내 고개를 흔들었다.

지금은 호기심을 접어두고 냉철함을 찾을 때였다.

'칼 솜씨는 훌륭하지만 요리에 대한 지식은 형편없군!'

도마 위에 올려져 있는 붉은 고기를 살피고서 코웃음을 쳤다.

동파육을 만드는 데 일반적으로 쓰이는 것은 돼지의 배 부위였다.

살코기와 지방이 적당히 섞인 배 부위의 고기를 사용해야만 뜨거운 물에 삶더라도 기름기가 빠져나가지 않아 육질이 부드럽기 때문이다.

이건 숙수라면 누구나 알고 있는 상식 중의 상식.

한데 저놈이 잘라낸 부위는 갈비뼈 부위의 살이었다.

그 부위는 지방이 없고 거의 살코기뿐이라 끓는 물에 삶고 나면 육질이 질겨지는 법이었다.

게다가 삶기 전에 미리 살점들을 자른 것도 실수였다.

저렇게 미리 잘라서 끓는 물에 넣는다면 도중에 육즙이 모두 빠져나가 버리는 것이 당연지사.

'칼질을 잘한다고 해서 요리를 잘할 수 있는 것은 아니지! 하긴 며칠 전까지 점소이였던 놈이 무엇을 알까?

거기까지 확인하고 나자 놀란 가슴이 비로소 진정되었다.

조금 전까지 너무 과민반응했던 것이 오히려 머쓱해졌다.

그래서 억지로 웃음을 짓고 있던 모방인이 쩍 하니 입을 벌렸다.

'저건 또 뭐 하는 짓이지?

시뻘건 불길이 솟구치고 있는 화덕이 보였다.

열기로 인해 곁으로 다가가는 것만도 버거운 화덕 앞에 선 천유강이 불쑥 손을 밀어 넣고 있었다.

'말리지 않고 뭐 하는 거지?

그런데 곁에 서 있는 장유걸은 그 모든 과정을 빤히 보면서도 미동도 하지 않았다.

그리고 더 놀라운 것은 천유강이었다.

당연히 화상을 입고 죽을 만큼 고통스러워할 거라 생각했
는데 조금의 표정 변화도 없었다.

이것 역시 기사!

잠시도 시선을 떼지 못하고 지켜보던 모방인의 눈가가 파
르르 떨렸다.

"저건… 하얀 불꽃!"

조금 전까지 화덕 안에서 타오르던 시뻘건 불길이 백설처
럼 하얀색 불길로 바뀌었다.

백화!

이야기는 많이 들었다.

그러나 직접 눈으로 목도하는 것은 처음이었다.

그래서 모방인이 자신도 모르는 사이에 감탄성을 토해낼
때, 장유걸이 싱긋 웃으며 입을 뗐다.

"어떻소? 이제 해볼 만한 것 같은데!"

화르륵.

화덕 위로는 백설처럼 새하얀 불꽃이 치솟고 있었다.

그 백화를 물끄러미 바라보던 장유걸이 오랜 시간 불길에
그을려서 시커멓게 변한 철 솥을 힘껏 움켜쥐었다.

"수고했다!"

천유강의 역할은 여기까지였다.

이제부터는 자신의 몫이었다.

“흥, 웃기는구나. 그렇다고 해서 날 이길 수 있을 것 같으
냐?”.

모방인이 콧방귀를 뀌면서 대꾸했지만, 그의 목소리는 아
까와 달리 떨리고 있었다.

그 떨리는 목소리가 그가 긴장하고 있다는 증거였다.

‘두고 보시오, 더 놀라게 될 테니까.’

하고 싶은 말은 많았다.

그러나 장유걸은 그 말들을 속으로 삼켰다.

말이 아니라 실력으로 보여주면 되는 것이었다.

“이제부터가 진짜 승부. 내 노력이 헛되지 않았음을 증명
하겠다!”

그러기 위해서는 서둘러야 했다.

화덕에서 치솟고 있는 백화의 화력 덕분일까.

화덕 위에 올려진 철 솥에 담겨 있던 물은 순식간에 무섭게
끓어오르기 시작했다.

‘이 정도면 가능해!’

긴 젓가락을 이용해 돼지고기를 한 점 집은 장유걸이 만족
스런 기색을 드러냈다.

원래라면 동파육을 만드는 데 살과 지방이 적당히 섞여 있
는 돼지의 배 부위를 사용하는 것이 옳았다.

그것을 알면서도 지방이 부족한 갈비 부근의 살을 사용한
데는 이유가 있었다.

바로 백화 때문이었다.

긴 젓가락에 잡힌 돼지의 갈비 부근의 살점을 불길이 치솟고 있는 화덕 위로 훑듯이 가져갔다.

워낙 화력이 센 탓에 겉이 순식간에 익은 살점을 철 솥 안에서 팔팔 끓고 있는 물에 살짝 담갔다 뺐다.

모방인은 돼지고기를 약 반 각 이상 끓는 물에 삶았지만, 백화 덕분에 이것으로 충분하고도 남았다.

'이 정도면 간신히 시간을 맞출 수 있겠군!'

처음 천유강이 갈비 부근의 살을 얇게 저며놓았기 때문에 익히는 데 필요한 시간을 줄일 수 있었다.

그리고 백화를 이용해 워낙 짧은 시간에 익힌 탓에 육즙이 고스란히 빠져나가는 것을 막는 것도 가능했다.

이 육즙으로 인해 씹을 때 팍팍한 느낌은 들지 않을 것이다.

숙수라면 누구나 알고 있는 상식대로 돼지의 배 부위를 사용하지 않고 갈비 부위의 살을 자신있게 택한 이유가 바로 이것이었다.

'이젠 돼지고기 특유의 노린내를 제거할 차례군!'

이것을 위해 일반적으로 사용되는 재료는 정해져 있었다.

노두유, 생강, 대파, 청경채, 청주, 팔각향신료 등등.

이 재료들을 배합하여 만든 양념장을 돼지고기 위에 덧뿌려서 돼지고기 특유의 노린내를 없애는 것이 동파육에서 가장 중요한 핵심이었다.

'모방인은 황기를 사용했어!'

장유걸이 곁눈질로 얼음이 담긴 누런색 액체가 담긴 접시를 살폈다.

황기는 약재.

황기를 끓인 물의 약재 향으로 돼지고기 특유의 노린내를 제거하겠다는 심산이었다.

저기에 얼음을 담은 것도 이유가 있었다.

바로 삶은 돼지고기의 육질을 조금이라도 더 쫄깃하게 만들겠다는 계산이 담겨 있을 터였다.

'우린 굳이 그럴 필요가 없지!'

백화에 아주 짧은 시간만 노출한 덕분에 육즙이 빠져나가지 않았고, 그 덕분에 더 이상 육질에 신경 쓸 필요는 없었다.

장유걸이 품속에서 유지를 꺼냈다.

그 유지를 펼치자 곱게 빻은 검정색 가루가 나왔다.

순식간에 주변으로 퍼져 나가는 독특한 향.

이 검정색 가루가 이번 대결을 위해 준비한 비장의 무기였다.

"그게 무엇이냐?"

숙수라면 누구나 갖고 있는 호기심 때문일까.

모방인이 검정색 가루에 관심을 드러냈다.

"생두요!"

"생두?"

장유걸이 희미하게 웃었다.

생두는 쉽게 접하기도, 또 구하기도 어려운 물건이었다.

장유걸도 암시장에 들렀다가 눈동자가 파란 색목인이 팔고 있는 것을 우연히 구할 수 있었다.

그리고 그 독특한 향에 반해 요리에 사용할 수 없을까를 밤낮으로 고민했다.

끓는 물에 삶아도 보고, 뜨거운 불에 구워도 보고, 심지어 즙을 내서 요리 위에 뿌려보기도 했다.

그 수많은 시행착오 끝에 마침내 생두의 활용 방법을 찾았다.

바로 이 생두를 곱게 빻아 뿌리면 돼지고기 특유의 누린내를 제거하는 데 탁월한 효과가 있다는 사실을 알아낸 것이었다.

물론 생두를 구한 것은 우연이었다.

그러나 조금 더 나은 요리를 만들겠다는 열정이 있었기에 이 생두의 활용 방법을 알았으니 그저 우연이라 폄하하기도 어려웠다.

'진인사대천명(盡人事待天命). 내가 할 수 있는 모든 것을 했다!'

주어진 시간은 반 시진.

아슬아슬하게 시간에 맞춰서 동파육을 완성한 장유걸이

흡족하게 웃었다.

왠지 느낌이 좋았다.

그리고 무사히 요리를 마칠 수 있었던 데는 천유강의 역할
이 컸다.

"수고했다!"

장유걸이 진심을 담아 인사했다.

그리고 기다렸다는 듯이 천유강의 대답이 돌아왔다.

"난… 누구죠?"

"또 농담이냐?"

"난… 누구죠?"

이번엔 농담이 아니었다.

진짜 발작을 한 것이었다.

뭐, 그래도 다행이다.

요리 대결이 무사히 끝나고 난 후에 발작했으니까.

"넌 우리 용호객잔의 신입 주방 보조, 아니, 주방 숙수인 천
유강이다. 그리고 끝날 때까지 참아줘서… 정말 고맙다!"

第十章
나쁜 거머리

9월 24일.

주인어른의 입가에 웃음이 가득하다. 중원의 상왕이 되기 위한 초석을 마련했다나 어쨌다나.

뭐, 그렇지만 내가 보기엔 그런 게 아닌 것 같다. 아무래도 아주 재밌는 춘서를 발견한 것 같다.

어쨌든 용호객잔에는 손님이 넘쳐 난다. 태평루와의 요리 대결에서 압승을 거둔 덕분이라는데, 도통 무슨 소린지 알 수가 없다. 그리고 이상한 게 또 있다. 객잔을 찾는 손님들이 자꾸 새끼 돼지를 끌고 와서 선물이라고 건넨다.

혹시 잃어버릴까 봐 용팔에게 맡겼더니 영 표정이 안 좋다.

자기는 누런색 선물이 좋다나. 내가 보기엔 돼지도 누런색인데 왜 표정이 별론지 모르겠다. 아무래도 돼지는 별로 안 좋아하는 것 같다.

참, 지금까지는 일주일에 한 번씩 기억을 잃었다는데 이번에는 엿새 만에 기억을 잃었다.

대체 왜일까?

꼬깃꼬깃하게 접힌 종이 위에 적힌 글을 읽고 난 후 고개를 들었다.

후두둑.

저녁나절부터 몰려들던 시커먼 먹구름의 기세가 심상치 않더니, 기어이 굵은 빗방울이 떨어져 내리기 시작했다.

'비?

손바닥을 처마 밖으로 조심스레 내밀자 섬뜩하리만치 차가운 빗방울의 파편이 닿았다.

'왜지?

갑자기 등줄기가 서늘해졌다.

그리고 머리가 아파오기 시작했다.

뭔가 기억이 날 것처럼.

"죽여 버려, 한 놈도 남김없이."

눈을 감자 귓가로 아스라이 들려오는 목소리.

누구의 목소리일까.

그리고 대체 누굴 죽이라는 걸까.

어느 것도 명확하지 않았다.

어쩌면 아스라이 들려왔던 저 목소리조차 착각일지도 몰랐다.

두근두근.

그런데 심장이 뛴다.

이상하게 불안한 기분이 깃들었다.

금방이라도 무슨 안 좋은 일이 생길 것 같은 예감이 들었다.

그리고 언제나 그렇듯이 불길한 예감은 빗나가는 법이 없었다.

"큰일 났어!"

문우령이 가쁜 숨을 내쉬며 후원으로 달려들어 왔다.

"무슨 일인데."

"용호객잔이 커다란 위험에 처했어."

천유강이 짤막한 한숨을 내쉬었다.

낙양 중심부도 아니고 변두리에 위치한 용호객잔이었다.

한없이 평화로울 것 같기만 한데.

이놈의 객잔은 어찌나 자주 위험에 처하는지 몰랐다.

어떻게 된 게 하루도 편할 날이 없었다.

어느새 사색으로 변한 문우령의 낯빛을 힐끗 살피고 느긋하게 신형을 일으킬 때 그가 다급하게 소리쳤다.

"장 숙수가… 장 숙수가 죽어가!"

퍽!

흡사 가죽북이 터지는 것 같은 요란한 소리가 흘러나왔다.

와장창!

이어서 거구의 사내가 낡은 탁자와 함께 구석에 처박히는 모습도 보였다.

"우웩."

그 충격을 이기지 못하고 바닥에 엎드린 채 저녁에 먹은 것들을 게워내고 있는 장유걸을 힐끗 살피던 송태석이 혀를 찼다.

"쯧쯧!"

기세야 좋았다.

그리고 숙수치고는 칼질 실력도 나쁘지 않았다.

게다가 저렇게 처참하게 얻어맞는 와중에도 오른손에 들고 있던 식칼을 놓치지 않는 근성도 맘에 쏙 들었다.

하지만 상대를 한참이나 잘못 골랐다.

'흑거미파라고 했던가?

낙양 뒷골목의 파락호들이 모여 이룬 단체들 중 하나와 송태석이 속해 있는 호선장은 격이 달랐다.

호선장은 드넓은 낙양에서도 손꼽히는 무가였다.

식칼에 실린 기세가 무척 사납기는 하지만 초식도 없이 막무가내로 휘두르는 칼질로 어찌할 수 있는 상대가 아니었다.

운이란 것도 어느 정도 실력의 뒷받침이 있어야 기대할 수 있는 법이니까.

"이 새끼들, 다… 죽인다!"

용케 아직까지 주둥이는 살아 있었지만, 그게 다였다.

칼이 아니라 주둥이로 싸울 수는 없는 법이었다.

한심하단 눈초리로 장유걸을 슬쩍 살핀 송태석이 이번에는 다른 곳으로 시선을 돌렸다.

"어이!"

"……?"

"그 도끼 쓸 텐가?"

"나, 나한테 묻는 건가?"

"여기 도끼를 든 건 그쪽밖에 없는 것 같은데."

"난… 난 끝까지 싸울 생각이다!"

문우령이 간신히 목소리를 쥐어짜 내 소리쳤다.

하지만 송태석은 코웃음을 쳤다.

눈에 띄게 후들거리는 다리.

백지장처럼 창백한 안색.

겁에 질려서 바르르 떨리는 목소리까지.

"쯧쯧. 그럴 거였다면 날이라도 좀 제대로 선 도끼를 가져

왔어야지!"

굳이 손을 쓸 필요도 없었다.

팔짱을 끼고 있던 손을 풀며 허리에 꽂혀 있는 비수들 중 하나를 빼들어 문우령을 향해 던졌다.

슈아악.

매서운 파공음을 동반한 채 비수는 허공을 갈랐다.

콱.

얼어붙은 듯 꿈쩍도 못하고 서 있는 문우령의 왼쪽 귓불을 스치고 지나간 비수가 객잔 벽에 깊숙이 틀어박혔다.

그것으로 충분했다.

쿵.

문우령의 손에 들려 있던 도끼가 힘없이 바닥으로 떨어졌으니까.

그리고 다리에서 힘이 풀린 문우령이 그대로 바닥에 주저앉는 것을 확인한 송태석이 입꼬리를 말아 올렸다.

퍽.

가볍게 발을 들어 가슴을 걷어차자, 힘없이 객잔 벽까지 밀려 나간 문우령이 형편없이 처박혔다.

주르륵.

그런 문우령의 입매를 타고 붉은 피가 흘러내리기 시작했다.

그러나 송태석은 그것을 확인하지 못했다.

이미 관심을 접고 다른 곳으로 시선을 돌렸기 때문이다.

"거기!"

"……"

"고개 돌리지 마, 어차피 그쪽엔 너밖에 없으니까."

"나… 요?"

"그래. 뭐, 고개를 돌리고 있는 것도 나쁘진 않겠군!"

송태석이 슬쩍 인상을 썼다.

태어나길 저리 태어났으니 생긴 거야 그렇다 치더라도 저 촌스러운 분홍색 영웅건은 대체 뭐란 말인가.

게다가 마치 독문병기라도 되는 양 오른손에 꽉 움켜쥐고 있는 물건도 한심하기 그지없었다.

마른걸레라니.

그것을 확인하고 나자 갑자기 짜증이 치밀었다.

자신이 이렇게 한심한 놈들을 상대하고 있다는 사실로 인해서.

"짧게 묻지. 너도 싸울 생각인가?"

"그게… 싸워야 될 것 같기는 한데……."

"그럼 싸우다 죽도록!"

그 말을 끝으로 송태석이 다시 허리춤에 꽂혀 있던 비수를 꺼내 들었다.

그 비수를 내던지려는 찰나, 용팔은 급히 손사래를 쳤다.

"이런 법이 어디 있습니까?"

“할 말이 남아 있나?”

“아직 제 말이 끝나지 않았잖습니까? 제가 언제 싸우겠다고 했습니까? 전 싸울 생각이… 추호도 없습니다!”

백기 투항을 하듯이 마른걸레를 허공으로 던져 버리는 용팔을 확인한 송태석이 비수를 다시 허리춤에 꽂았다.

저 말을 믿어서가 아니었다.

‘저런 놈을 죽여서 무엇 할까?

갑자기 그런 생각이 들었다.

저런 놈의 피를 손에 묻히는 것조차도 부끄럽다는.

“너도 잠자코 있도록!”

느릿하게 다가가서 겁에 질린 채 손사래를 치고 있던 용팔의 면상을 주먹으로 가볍게 후려쳤다.

주르륵.

쌍코피가 터졌다.

“코뼈가… 주저앉은 것 같아. 내 콧날이… 오뚝한 콧날이……!”

용팔이 울먹였다.

하지만 가뜩이나 못생긴데다 쌍코피까지 흘러내리고 있는 저 면상을 느긋하게 감상하고 싶은 마음은 추호도 없었다.

이제 남은 것은 하나.

“누구의 사주를 받았느냐?”

송태석이 마지막으로 시선을 돌리자, 꾀죄죄한 몰골의 노인이 악을 쓰면서 소리치는 것이 보였다.

'저 노인이 이 객잔의 주인이로군!'

볼품없는 염소 수염을 파르르 떨면서 삿대질을 하는 용사 등을 확인하고서 송태석은 검을 뽑았다.

이 객잔에 더 머무는 것이 내키지 않았다.

저 노인만 처리하고 어서 이곳을 벗어나고 싶었다.

"마교냐?"

"……?"

"무림맹이냐?"

용사등을 향해 거침없이 다가가던 송태석이 잠시 멈칫했다.

물론 위협을 느꼈거나 정곡을 찔려서가 아니었다.

너무 뜬금없는 질문에 기가 막혀서였다.

'내 자신이 이렇게 한심하게 느껴진 것은 처음이로군!'

치매 걸린 노인 하나를 죽이기 위해 여기까지 왔다니.

"그럼 태평루냐?"

"정신이 완전히 나간 건 아니로군!"

마지막에 용케 제대로 짚었지만, 어차피 살려둘 생각은 없었다.

"이런 천인공노할 놈들! 내가 네놈들을 용서할 것 같으냐?"

"저승에 가더라도 내가 아니라 허 총관을 원망하도록!"

마지막까지 악에 받쳐서 소리치는 용사등을 죽이기 위해 검을 들어 올렸다.

그리고 망설이지 않고 검을 내려치던 송태석이 눈을 부릅떴다.

'이놈은 뭐지?'

기척도 느끼지 못했다.

그런데 처음 보는 젊은 놈이 어느새 지척까지 다가와 있었다.

아니, 고작 다가온 게 다가 아니라 맨손으로 검신을 움켜쥐고 있었다.

그리고 그 젊은 놈은 씨익 웃으며 입을 뗐다.

"나쁜 거머리!"

송태석이 혀를 내밀어 바싹 마른 입술을 훑었다.

예상치 못한 사내의 등장으로 인해 갑자기 초조함이 밀려왔다.

그리고 심장이 뛰기 시작했다.

'잘생겼군!'

그런데 어이없게도 이 상황에서도 가장 먼저 든 생각은 이것이었다.

어쩌면 그래서 심장이 더 격하게 뛰는 것 같기도 했고.

하지만 송태석은 호선장에서도 손꼽히는 후기지수.

당연히 실력도 일류를 상회했다.

곧 상념을 떨쳐 내고 쉽게 이해하기 힘든 지금의 상황에 대해서 냉철하게 따져 보기 시작했다.

'특수한 장갑을 착용한 건가?'

맨손으로 자신이 휘두른 검신을 움켜쥐는 것은 불가능한 일이었다.

그렇다면 가장 먼저 떠올릴 수 있는 것은 도검에도 상하지 않는 특수한 능력을 가진 장갑이었다.

하지만 얼핏 살펴도 장갑을 낀 것처럼 보이지는 않았다.

'그렇다면 실력을 감춘 고수?'

송태석은 이내 생각을 바꾸었다.

맨손으로 자신의 검을 잡은 것이 전부가 아니었다.

기척을 제대로 느끼지도 못했는데 천유강은 자신의 지척까지 접근했었다.

일류고수인 자신의 이목까지 속인 채로.

"내가 용서하지 않겠다고 말하지 않았더냐?"

게다가 하나 더.

아까까지만 해도 죽을상을 쓰고 있던 용사등의 태도가 단숨에 바뀌었다.

마치 천군만마(千軍萬馬)를 등에 업은 것처럼 기세등등하게 변했다.

갑자기 돌변한 용사등의 저 태도가 천유강이 실력을 감춘 고수라는 또 하나의 증거였다.

조금 전까지는 그저 치매에 걸린 늙은이라 여겼다.

코앞에 닥친 죽음도 인지하지 못하는.

그런데 그게 아니었다.

용사등이 그렇게 자신만만했던 이유는 믿는 구석이 있었기 때문이다.

바로 천유강이라는 숨은 고수를.

"음헤헤헤, 중원의 상왕이 되려는 나의 앞길을 가로막기 위해 나선 저 거머리 같은 놈들을 모두 쓸어버려라!"

어쨌든 송태석의 생각은 여기서 멈추었다.

좀 더 신중하게 상황을 분석하려 했지만 음충맞고 경망스럽게 웃는 용사등으로 인해 생각을 이어 나갈 수 없었다.

"일이 꼬이는군!"

툭. 툭.

송태석이 검갑을 두드렸다.

생각대로 일이 풀리지 않거나 초조할 때마다 드러나는 그의 습관이었다.

그러나 곧 잡념을 털어버렸다.

복잡하게 생각할 것은 없었다.

천유강이 실력을 감춘 고수라 하나 자신 역시 일류고수였다.

천유강만 죽인다면 모든 것이 간단하게 해결되는 것이었다.

‘우선 실력을 좀 볼까?

오른손에 들고 있던 검을 검집에 넣어 갈무리한 뒤 송태석은 허리춤에 꽂힌 비수를 빼들었다.

상대할 무인의 수준을 가늠하는 데 있어 가장 확실한 방법 중 하나는 얼마나 뛰어난 보법을 펼치는가를 알아보는 것이었다.

슉.

슈아악.

허공을 가르고 날아가는 세 자루의 비수.

송태석이 작심하고 전력을 다해 던져 냈기에 비수에 실려 있는 위력은 결코 가벼이 볼 수 없었다.

게다가 세 자루의 비수가 향하는 방향 역시 절묘했다.

보법을 펼치지 않는다면 절대 피할 수 없는 방위를 점한 채 허공을 가른 비수는 순식간에 천유강의 지척까지 접근했다.

‘왜 피하지 않지?

이제 천유강이 펼칠 보법을 살피기 위해 유심히 지켜보고 있던 송태석의 표정이 의아하게 바뀌었다.

천유강은 꿈쩍도 하지 않았다.

마치 지척까지 접근한 비수를 보지 못한 사람처럼.

‘내가 착각한 건가?

실력을 감춘 고수라 생각했는데.

‘절대 피할 수 없어!’

송태석은 확신했다.

천유강이 이제부터 보법을 펼친다고 해서 절대 자신이 날린 세 자루의 비수를 피할 수 없다는 것을.

하긴 이것도 나쁘지 않았다.

천유강이 이렇게 죽는다면 의외로 일이 쉽게 풀릴 테니까.

"죽으면 안 돼!"

"내 보물!"

"얼굴만은 안 된다!"

그 와중에 거의 동시에 흘러나오는 비명 같은 외침이 객잔 안에 울려 퍼졌다.

그러나 아무리 애원하듯 소리친다고 해도 결과는 바뀌지 않는 법이었다.

비수가 갑자기 방향을 바꿔서 천유강을 피해 가지 않는 이상에는.

'이젠 늦었어!'

그래서 송태석이 입매를 슬쩍 비틀 때였다.

휙.

휘익.

마치 강한 바람에 휘말린 듯이 비수의 방향이 바뀌었다.

미간을 노리던 비수도, 옆구리를 노리고 파고들던 비수도 거짓말처럼 방향을 바꾸어 천유강의 심장 쪽으로 향했다.

마치 서로 끌어당기듯이 하나로 합쳐지는 세 자루의 비수.

그 비수는 천유강이 앞으로 내밀고 있던 손안으로 빨려들 듯 들어갔다.

'이게 무슨 조화지?'

전혀 예기치 못한 상황이었다.

그래서 송태석이 상황 파악을 제대로 하지 못하는 사이, 세 자루의 비수를 움켜쥐고 있던 천유강이 손을 휘둘렀다.

세 자루의 비수가 허공으로 흩어지는 게 보였다.

본능적으로 뒤로 한 걸음 물러나며 보법을 펼치려 했던 송태석이 슬쩍 미간을 찌푸렸다.

스윽.

스르륵.

마치 다섯 살 먹은 꼬맹이가 던진 것마냥 세 자루의 비수는 느릿하게 다가왔다.

그뿐만 아니라 비수가 향하고 있는 방향도 엉망이었다.

굳이 피하기 위해 움직이지 않더라도 전혀 위협이 되지 않을 엉뚱한 방향으로 흩어지고 있었다.

오죽했으면 조금 전에 움찔하며 한 걸음 뒤로 물러났던 것이 민망해질 지경이었을까.

'저런 한심한 놈에게 놀아났다니……'

스르릉.

더는 참지 못하고 검을 빼들었다.

그런 송태석이 더 지체하지 않고 앞으로 달려나갔다.

'우선은 저 비수를 처리하고 나서 단칼에 벤다!'

검병을 움켜쥔 손등에 힘줄이 불거졌다.

그리고 느릿하게 다가오고 있는 비수들을 쳐내기 위해 검을 휘둘렀던 송태석이 두 눈을 부릅떴다.

자신이 휘두른 검과 비수가 부딪치지 않았다.

당연히 비수를 쳐낼 수 있으리라 여겼는데, 힘껏 휘두른 검은 텅 빈 허공만을 가르고 지나갔다.

'방향이 바뀌었다?

마치 보이지 않는 실로 연결된 것을 조종하는 것처럼, 비수가 허공에서 스스로 방향을 바꾸었다.

아니, 방향만 바꾼 것이 아니라 다가오는 속도도 달라졌다.

조금 전까지 끈 떨어진 연처럼 비실거리며 날아들던 비수가 지금까지 숨기고 있던 독니를 드러냈다.

그리고 송태석을 순식간에 궁지로 몰아넣었다.

第十一章
설마 만천화우?

용호개잔

장유걸이 죽어간다는 문우령의 말은 딱 절반만 사실이었
다.

장유걸의 몰골은 처참했다.

종이처럼 구겨진 채로 객잔 바닥에 아무렇게나 널브러져
있었으니까.

그래도 죽을 정도는 아니었다.

힘껏 손짓을 하는 걸로 봐서는.

아, 자세히 보니 손짓만 하는 게 아니라 입도 벙긋거렸다.

"도망가! 어서 도망가!"

힘이 없는지 말이 되어 새어나오지는 않았지만, 저 다급한 손짓과 입 모양으로 대충 알아볼 수 있었다.

무슨 말을 하고 싶어 하는 것인지.

그러나 장유걸의 바람처럼 도망가는 대신 슬쩍 고개를 돌렸다.

그 시선이 이번에는 문우령에게 닿았다.

입매를 타고 흐르는 붉은 선혈.

학질에 걸린 것처럼 바르르 떨리는 신형.

그리고 커다란 두 눈에 글썽이고 있는 눈물까지.

처음엔 아파서 우는 줄 알았다.

그런데 그게 아니었다.

"어서 가. 어서 도망치라고, 이 바보야!"

왜 문우령은 자꾸 자신을 바보라고 할까.

어쩌면 자기 말을 듣지 않아서 그러는 건지도.

하지만 바보 소리를 들어도 좋았다.

이번에도 저 부탁을 들어주지 않을 생각이니까.

다른 곳으로 고개를 돌리니 용팔이 보였다.

마치 분신처럼 소중히 아끼던 분홍색 영웅건까지 어딘가에 잃어버린 용팔은 쌍코피를 흘리고 있었다.

코도 퉁퉁 부어올라 있었고.

아, 좀 더 자세히 살피니 분홍색 영웅건을 잃어버린 건 아니었다.

그 분홍색 영웅건으로 쌍코피를 막고 있었다.

“어서 도망가, 이놈들은 지난번 거머리들하고는 차원이 달라!”

쉴새없이 흐르고 있는 코피를 닦기도 바빠 보이는데.

어서 도망치라고 충고까지 해주는 용팔은 역시 좋은 사람이었다.

그러나 아쉽게도 도망칠 생각은 없었다.

만약 도망칠 거였다면 진즉에 갔을 테니까.

마지막으로 용사등에게로 고개를 돌렸다.

이렇게 상황이 어려운 만큼 조금은 위축되어 있으리라 생각했는데… 그건 잘못된 생각이었다.

“이 천인공노할 놈들아! 내 너희들을 절대 용서치 않겠다!”

카랑카랑한 목소리.

용사등은 조금도 기죽지 않았다.

소문난 춘서광답게 검 대신 책을 둥글게 말아 쥔 채로 다가오는 자의 머리통을 후려치려 하고 있었다.

물론 그게 가능하지는 않았지만.

용사등이 말아 쥐고 있는 책을 가볍게 반 토막 낸 검이 기세를 늦추지 않고 그의 머리 위로 떨어져 내리고 있었다.

스스슥.

천유강의 신형이 희끗하게 변했다.

어느새 용사등의 앞으로 다가간 천유강이 손을 뻗어 검신을 움켜쥔 순간, 서로의 시선이 부딪쳤다.

"너, 괜찮냐?"

"조금… 따끔하네요!"

"가거라. 너라도 어서 도망치거라!"

용사등도 마찬가지였다.

자기는 상관없으니 어서 도망치라고 등을 떠밀고 있었다.

"안 가요."

"왜?"

"갈 데가 없거든요."

"……"

"그리고 나쁜 거머리들에게 겁을 집어먹고 도망칠 순 없잖
아요."

천유강이 씨익 웃었다.

그 웃음을 마주한 용사등도 한쪽 입꼬리를 말아 올렸다.

"이 아름다운 새끼!"

"용호객잔, 나에게도 소중하거든요."

"이 아름다운데다가 의리까지 있는 새끼!"

"……"

"음헤헤헤, 중원의 상왕이 되려는 나의 앞길을 가로막기
위해 나선 저 거머리 같은 놈들을 모두 쓸어버려라!"

용사등의 경망스럽고 음충맞은 웃음소리를 들으며 천유강
이 희미하게 고개를 끄덕였다.

아까부터 화가 났다.

용호객잔의 구성원들이 다친 것으로 인해서.

이렇게 좋은 사람들은 고작 거머리들에게 당해서는 안 되었다.

기억을 자꾸 잃어버려서 바보란 소리를 듣지만 그 정도는 천유강도 알았다.

그리고 하나 더.

비가 내리고 있었다.

"죽여 버려, 한 놈도 남김없이."

아까부터 아스라이 귓가를 맴돌던 목소리가 점점 더 강렬해졌다.

창문을 거세게 두드리고 있는 빗소리로도 가려지지 않을 만큼.

천유강이 용호객잔을 찾은 거머리들을 노려보며 입을 뗐다.

"꽤나 운이 없네요."

"……?"

"하필이면 비가 내리는 날 찾아왔으니까요!"

천유강의 입가에 머물러 있던 웃음이 사라졌다.

스팟.

송태석이 고개를 비틀었다.

감추고 있던 독니를 드러낸 비수가 간발의 차로 귓불을 스치고 지나갔다.

그 섬뜩한 파공음에 심장이 두근거린다.

그런데 한 발도 떼지 못했다.

아니, 피할 엄두조차 내지 못했다.

'이기어검? 허공섭물?'

마치 뭔가에 홀린 것처럼 송태석은 정신이 없었다.

당장 머릿속에 떠오르는 것들을 서둘러 나열해 보았지만, 스스로가 생각해도 한심했다.

낙양의 중심부도 아닌 변두리.

그것도 허름하기 그지없는 객잔에서 '이기어검'이니 '허공섭물' 같은 무공을 사용하는 자와 마주치는 게 가능하단 말인가.

'사술(邪術)?'

그저 뭔가 잘못된 것이라는 생각만이 자꾸 들었다.

그리고 송태석에게는 한가롭게 생각에 잠겨 있을 시간이 더 주어지지 않았다.

와장창.

요란한 소리가 흘러나와 고개를 돌리자 객잔 구석에 형편없는 몰골로 처박혀 있는 방자경이 보였다.

"말도 안 돼!"

방자경은 자신이 가장 믿는 수하였다.

그 믿음의 바탕에는 방자경의 실력에 대한 확신이 있었기 때문이다.

그런데 일류고수에 근접해 있다고 알려져 있는 방자경이 단 일 합의 공방도 견뎌내지 못하고 무너졌다.

'수하들을 더 데리고 왔어야 했는데!'

너무 쉽게 생각한 것이 실수였다.

그러나 후회는 아무리 빨라도 늦는 법.

방자경을 가볍게 쓰러뜨린 젊은 놈이 이번에는 자신의 차례라는 듯 다가오고 있는 것을 확인하고서 표정이 굳어졌다.

"넌… 넌 누구냐?"

그러지 않으려고 해도 목소리가 떨렸다.

"천유강!"

젊은 놈에게서 대답이 돌아왔다.

하지만 그깟 이름이 궁금했던 게 아니었다.

"대체… 네 정체가 무엇이냐?"

"글쎄요."

"글쎄라니?"

"그게… 나도 참 궁금하네요."

송태석의 얼굴이 붉게 달아올랐다.

천유강이란 젊은 놈은 자신을 놀리는 게 틀림없었다.

감히 호선장에서도 손꼽히는 후기지수인 자신을.

더 참을 수는 없었다.

이건 송태석의 자존심만 걸린 문제가 아니었다.

자신이 속해 있는 호선장의 자존심이 걸려 있었다.

그래서 바닥으로 늘어뜨리고 있던 검을 곧추세웠다.

"이 새끼, 죽인다!"

잔뜩 살기를 끌어올렸다.

어지간한 무인이라면 자신이 살기를 드러내는 것만으로도 겁을 집어먹을 텐데, 천유강은 아니었다.

태연한 얼굴로 한 걸음씩 다가오며 거리를 좁히고 있었다.

'삼 장, 이 장, 일 장, 지금이다!'

먼저 움직인 것은 거리를 가늠하고 있던 송태석이었다.

그런 그의 얼굴에는 확신이 어려 있었다.

회풍팔연격(廻風八連擊).

호선장의 독문무공인 회풍검류 중에서 가장 위력이 강한 초식.

한 번 공격이 시작되면 폭풍처럼 잠시도 쉴 틈 없이 상대를 몰아붙이는 초식이었다.

고작 일 장 내의 거리에서 폭풍처럼 몰아치는 팔연격을 감당할 수 있었던 자는 지금까지 아무도 없었다.

"괴물 같은 새끼, 이걸로 끝이다!"

허공으로 곧추세우고 있던 검이 떨어져 내렸다.

스윽.

그 공격에 대비하기 위해 천유강이 오른손을 들어 올리는 것이 보였다.

무기도 없이 맨손을 들어 올리다니.

평소였다면 저 어이없는 대응에 코웃음을 쳤으리라.

하지만 지금은 아니었다.

맨손으로 자신의 검을 움켜쥐고도 멀쩡했던 것을 이미 경험했기 때문이다.

물론 당황하지는 않았다.

회풍팔연격이 만들어내는 변화는 지금부터 시작이었다.

슈아악.

일도양단의 기세로 떨어져 내리던 검이 허공에서 잠시 멈추었다.

호선을 그리듯 밀려 내려온 검이 노리고 파고든 것은 천유강의 옆구리였다.

천유강이 왼손을 들어 검의 진로를 가로막는 순간, 송태석의 검은 또 한 번 급격한 변화를 만들어냈다.

베어가던 검이 수직으로 방향을 꺾으며 위로 쳐 올라갔다.

어느 누구도 쉽게 예측할 수 없는 변화.

'끝이군!'

총 팔 연격으로 이루어진 초식이지만 굳이 끝까지 펼칠 필요도 없었다.

비로소 팽팽하게 곤두서 있던 신경이 느슨해지는 찰나, 송태석이 두 눈을 부릅떴다.

슈아악.

바닥에 아무렇게나 뒹굴고 있던 식칼.

그 식칼이 거짓말처럼 허공으로 떠올랐다.

그리고 그게 끝이 아니었다.

자석에 끌리는 쇠붙이처럼 천유강의 오른손으로 빨려 들어갔다.

'이럴 수가!'

이건 최소 일 갑자 이상의 내력이 있어야만 펼칠 수 있다는 허공섭물의 한 수였다.

허황된 이야기책에서나 나오는 건 줄로만 알았는데.

이젠 확실히 알았다.

사술이 아니었다.

그리고 아까 자신이 잘못 보거나 착각한 것도 아니었다.

물론 두 번째로 본다고 해서 익숙해지지는 않았다.

그리고 허공섭물이란 절기를 낙양의 촌구석에 위치한 용호객잔의 일개 점소이가 펼친다는 것 역시 믿기 어려웠다.

카앙!

식칼과 검이 부딪치며 터져 나오는 폭음.

손목이 부러진 걸까.

지독한 통증이 밀려왔다.

그래서 검을 바닥에 떨어뜨리고 말았다.

‘내가 검을 놓치다니!’

검을 쓰는 무인이 대결 중에 검을 놓치는 것은 결코 있을 수 없는 일이었다.

송태석이 여태껏 상상조차 하지 못했던 일이 벌어졌다.

자책감과 자조감이 밀려들었다.

하지만 그보다 몸이 먼저 반응했다.

쐐애액.

코앞으로 식칼이 다가오고 있었다.

그 식칼을 피하기 위해서 본능적으로 신형을 뒤로 젖혔다.

허리가 거의 땅에 닿을 정도로 완벽하게 펼친 철판교의 한 수.

그러나 늦었다.

송태석이 신형을 뒤로 젖히는 속도보다 식칼이 다가오는 속도가 훨씬 빨랐다.

‘빌어먹을!’

고작 이런 곳에서 최후를 맞이하게 될 줄은 몰랐는데.

마지막이 코앞으로 다가왔다.

죽음을 피할 수 없다고 느낀 순간, 송태석은 모든 것을 놓아버리고 아예 두 눈을 감아버렸다.

그런데… 이상했다.

아무리 기다려도 더 이상의 공격이 없었다.

저 식칼이 단숨에 자신의 목덜미를 꿰뚫을 거라 예상했는데.

'왜지?'

눈꺼풀을 파르르 떨며 힘겹게 감았던 눈을 떴다.

그러자 자신의 미간에서 불과 한 치 앞에 멈춰 있는 식칼이
보였다.

그리고 그 식칼을 움켜쥔 천유강이 웃고 있는 것이 보였다.

그 눈웃음을 마주하자 다시 화가 치밀었다.

마치 조롱거리가 된 듯이 느껴져서.

"왜… 멈췄지?"

"……."

"왜… 날 죽이지 않은 거지?"

송태석이 언성을 높여 물었다.

한참이나 지나서야 비로소 기다리던 대답이 돌아왔다.

"운이 좋네요!"

운이 좋다니?

불과 조금 전에 운이 없다고 말한 게 천유강이었는데.

역시 자신을 조롱하는 것이 틀림없다 여기고 다시 언성을
높이려는 찰나였다.

"비가… 그쳤네요."

그랬던가.

그러고 보니 빗소리가 들리지 않았다.

그런데 그게 무슨 상관이란 말인가.

도무지 이해할 수 없는 상황에 혼란스러워할 때, 코앞에서

겨누고 있던 식칼이 어디론가 사라졌다.

"그만 가세요."

"진심… 인가?"

"아마도요."

"……?"

"나도… 나를 잘 모르거든요."

송태석이 마른침을 꿀꺽 삼켰다.

더 묻고 싶은 것이 많았다.

정체가 무엇인지.

대체 진짜 정체가 무엇이기에 허공섭물이나 이기어검 같은 무공을 아무렇지도 않게 펼칠 수 있는지.

하지만 그 호기심들은 가슴속 깊숙한 곳에 묻었다.

지금은 자존심을 내세울 때가 아니었다.

처음부터 이 객잔이 맘에 들지 않았다.

한시바삐 이 객잔을 벗어나고 싶은 마음밖에 없었다.

그리고 지금이 마지막 기회였다.

두 발로 걸어서 이 객잔을 벗어날 수 있는.

"호의를… 받아들이지!"

그래도 마지막 남은 자존심으로 한마디를 던진 송태석이 기절한 채 쓰러져 있던 방자경을 들쳐업었다.

그런 그가 걸음을 빨리해 용호객잔의 정문을 막 벗어났을 때였다.

‘이 새끼, 마음이 변했나?

자신의 등 뒤로 다가오고 있는 인기척이 느껴졌다.

굳이 고개를 돌려 확인하지 않아도 알아챌 수 있었다.

저 인기척의 주인공이 천유강이라는 사실을.

‘설마?

등줄기가 싸해졌다.

그냥 곱게 보내준다고 하더니.

그사이를 참지 못하고 마음이 변한 것이 틀림없었다.

‘변덕이 죽 끓듯 하는 새끼!

속으로 한바탕 욕을 퍼부으면서도 송태석의 모든 신경은 등 뒤로 쏠려 있었다.

그리고 예상대로였다.

자신의 등을 노리고 뭔가가 다가오는 것이 느껴졌다.

‘비수? 식칼? 암기?

빌어먹을.

사방으로 흩뿌려진 채 다가오는 자그마한 것들은 암기가 틀림없었다.

‘역시 예사 놈이 아니야!

아까 대결을 펼치면서 알아챘지만, 이놈은 실력을 감춘 고수가 틀림없었다.

암기를 사용하는 능력 역시 대단했다.

감히 피할 공간을 찾기 어려웠으니까.

‘이번엔 만천화우인가?’

만천화우(滿天花雨).

말 그대로 하늘을 뒤덮고 떨어져 내리는 암기의 비.

독공과 암기로 유명한 사천당가의 대표적인 무공으로 한 번 펼쳐지면 절대 피할 수 없다고 알려진 암기술이었다.

‘하지만 이미 절전(絶傳)되었다고 알려졌는데?’

그 급박한 순간에도 머릿속으로 깃드는 의문.

그러나 그 의문은 순식간에 사라졌다.

허공섭물과 이기어검을 펼치는 놈인데 만천화우인들 펼치지 못할까.

지금 당장 급한 것은 저 암기의 비를 피해 살아남는 것이었다.

‘여기서 죽으면 개죽음이야!’

송태석이 피가 날 정도로 입술을 질끈 깨물었다.

그런 그가 죽을힘을 다해 보법을 펼쳤다.

하지만 이미 펼쳐진 만천화우를 피하는 것은 어려운 일이었다.

게다가 등에 들쳐업고 있던 방자경도 보법을 펼치는 데 방해가 되었다.

힘겹게 보법을 펼치던 도중 발이 꼬여 벌러덩 넘어져 버린 송태석은 자신의 죽음을 직감했다.

‘하늘이 참 파랗군!’

마지막이란 생각에 두 눈 안에 새파란 하늘을 담아두고 있던 송태석이 슬쩍 눈살을 찌푸렸다.

'눈? 가을에 웬 눈이지?'

이해할 수 없는 일이 벌어지고 있었다.

그래서 입까지 벌리고 떨어져 내리는 하얀 눈을 바라보고 있자, 그 눈송이들이 입속으로 들어왔다.

'짜다?'

눈이 짜다니.

이것 역시 이해할 수 없는 일.

하긴 가을에 새하얀 눈도 내리는 세상인데 좀 짜면 어떠할까.

그래서 툴툴 웃고 있을 때였다.

"다시는 우리 객잔에 얼씬거리지도 마. 그때는 아예 뜨거운 소금물을 준비했다가 퍼부어줄 테니까!"

'응?'

팔자 좋게 대자로 드러누워 있던 송태석이 벌떡 몸을 일으켰다.

그런 그의 눈에 만천화우의 수법으로 굵고 하얀 소금을 뿌리고 있는 용팔의 모습이 들어왔다.

"퉤에!"

그마저도 귀찮은 듯 용팔이 가래 섞인 침을 뱉고는 객잔 안으로 들어가 버린 후 송태석이 신형을 일으켰다.

“후후!”

다시 방자경을 등에 들쳐업고서 터벅터벅 걸음을 옮기다 보니 자꾸만 쓴웃음이 새어나왔다.

무공이라고는 전혀 알지도 못하는 객잔의 점소이가 뿌리는 굵은 소금을 만천화우라 착각하다니.

게다가 더 웃긴 건 그걸 피하지도 못하고 고스란히 얻어맞았다는 사실이었다.

여전히 입안에 남아 있는 소금의 짠맛을 음미하며 다시 고개를 돌렸다.

세차게 불어오는 바람에 펄럭이는 용호객잔이라는 깃발을 응시하던 송태석이 탄식하듯 한마디를 내뱉었다.

“용호객잔, 무서운 곳이로군!”

第十二章
규칙은 규칙이거든요

가을에 내리는 눈처럼 낭만적인 것이 또 있을까.

하지만 송태석은 그렇지 않은 모양이었다.

넋 나간 사람마냥 낡은 깃발이 바람에 펄럭이는 용호객잔
을 멍하니 바라보다 힘없이 걸음을 옮기기 시작했다.

그 발걸음이 그렇게 무거워 보일 수가 없었다.

'이제야 흥미가 좀 돋는데!'

제갈소미가 두 눈을 빛냈다.

처음 이번 임무를 하달받았을 때만 해도 영 내키지 않았다.

낙양의 변두리에 있는 용호객잔에 대해서는 들어본 적도
없었다.

그래서 무림맹에서 관심을 가져야 하는 이유를 알 수 없었
고, 다른 사람도 아니고 무림맹 정보각 부각주인 자신이 직접
나서서 맡아야 하는 이유는 더더욱 알 수 없었다.

하지만 이미 하달된 명령을 거부할 수는 없었다.

그것도 무림맹의 이인자라 할 수 있는 문상 제갈초윤이 직
접 자신을 지목했으니, 빠져나갈 구멍도 없었다.

'아직도 마음이 안 풀리신 건가?

무림맹의 문상 직책을 맡고 있는 제갈초윤은 그녀의 아버
지였다.

그리고 처음 이 명령이 자신을 지목해 하달되었을 때만 해
도 아버지가 자신에게 복수할 요량으로 꾸민 것이라 여겼다.

지난달에 아버지는 기루에 갔었다.

무림맹의 문상답게 치밀한 계획을 세우고, 그 흔적을 철저
하게 지우려고 애썼다.

하지만 무림맹 정보각 부각주인 자신의 이목을 속이는 데
는 실패했다.

떨어지는 낙엽을 보며 한숨짓던 아버지의 행동이 영 미심
쩍다 여긴 제갈소미의 직감은 정확히 맞아떨어졌다.

아버지는 기루의 예기에게 마음을 빼앗겼다.

아버지는 거문고를 타는 예기의 솜씨가 뛰어나 허전한 마
음을 달래기 위해서 찾아갔었다고 끝까지 오리발을 내미셨지
만, 자신을 속일 수는 없었다.

거문고를 타는 예기의 손을 꼭 잡은 이유가 무엇이었냐고 몰아붙이자 금세 잘못을 시인했다.

그리고 다시는 이런 일이 없을 것이라면서, 어머니에게만은 절대 알리지 말아달라고 신신당부하셨다.

이십 년간 이어져 온 부녀지간의 정까지 들먹이면서.

아버지는 철석같이 자신을 믿었다.

하지만 세상에 모르는 것이 없다고 알려진 아버지도 모르는 것이 있었다.

이십 년간 이어진 부녀지간의 정도 깊지만, 모녀지간의 정은 부녀지간의 정보다 십일 개월이 더 깊다는 사실을.

그리고 딸은 비밀을 아버지보다 어머니와 공유한다는 사실도.

아버지는 어머니 앞에서 무릎을 꿇었다.

그 후로 자신을 보는 눈빛이 차갑게 변했다는 것을 느꼈지만 모른 척했다.

그런데 이렇게 치사한 방법으로 뒤통수를 칠 줄이야.

물론 아버지는 대외적으로 통할 만한 그럴듯한 이유를 끌어들였다.

"용호객잔은 아주 중요한 곳이다. 내 예상이 틀리지 않다면 용호객잔은 머지않아 강호에서 태풍의 눈이 될 것이다. 그곳에서 일하는 점소이로 인해서."

하지만 제갈소미는 순순히 믿지 않았다.

낙양에 널리고 널린 객잔 중의 하나인 용호객잔에서 일하는 점소이 하나로 인해 강호의 판도가 바뀔 거란 말을 어찌 믿을까.

그만큼 뛰어난 자가 객잔에서 점소이로 일한다는 것부터가 어불성설(語不成說)이었다.

"잘생겼다고 하더구나."

그래도 조금 미안하긴 했는지, 아버지는 이 말을 위로랍시고 덧붙였다.

물론 크게 위로가 되지는 않았다.

잘생긴 남자들이라면 주변에도 지천으로 깔려 있었다.

그리고 잘생긴 놈들은 대부분 재수가 없었다.

그건 저기 힘없이 걸어가는 송태석도 마찬가지였다.

낙양에서 이름난 무가인 호선장이라는 배경이 있는데다가 얼굴도 반반한 것을 믿고 송태석은 자신에게 수작까지 걸었었다.

마음 같아서는 확 뒤집어엎어 버리고 싶었지만, 아버지의 체신 때문에 죽을힘을 다해서 참아냈었는데.

송태석이 낭패한 얼굴로 돌아가는 것을 바라보니 속이 후련했다.

그리고 이번 임무에 조금씩 흥미가 생기기 시작했다.

"네가 맡은 임무에 강호의 운명이 걸려 있다!"

아버지가 마지막으로 덧붙이신 말씀을 곱씹던 제갈소미가

불이 켜진 용호객잔을 살피다가 어딘가로 걸음을 옮겼다.

용호객잔의 영업이 시작되기 반 시진 전.
한창 영업 준비로 바쁜 시간이었지만 용사등을 비롯한 모든 종업원들은 탁자 하나를 차지하고 앉아 머리를 맞대고 있었다.
그들이 이렇게 모인 이유는 한 가지.
지난밤에 천유강이 호선장의 거머리들을 상대로 보여준 놀라운 신위에 대해서 다시 설왕설래가 오가기 시작했다.
"어제 한숨도 자지 않고 수많은 이야기책들을 들춰보았다."
"그래서요?"
"결론부터 말하자면… 이기어검이다."
가장 먼저 입을 뗀 것은 역시 용사등이었다.
확신이 있는 듯 꽤나 단호한 어조였지만 용팔이 순순히 인정할 리 없었다.
"말이 돼요?"
"뭐가?"
"이기어검은 엄청난 고수만 펼칠 수 있는 거잖아요?"
"그렇지."
"쟤가 그런 고수 같아요?"
챙그랑.

마침 혼자서 바쁘게 영업 준비를 하고 있던 천유강이 접시 하나를 바닥에 떨어뜨려 깬 후에 머리를 긁적였다.

바보같이 멋쩍게 웃고 있는 천유강의 모습을 지켜보던 용사등의 표정이 심각해졌다.

"고수치고는 좀 멍청하긴 하지?"

"많이 멍청하죠. 내가 매번 사기 쳐도 기억도 못하는데… 아, 이건 아니고. 어쨌든 이야기책 속에 나오는 고수들치고 저렇게 멍청한 고수가 있어요?"

"그야… 없지!"

"거봐요."

"그렇지만 어제 본 건 분명히 이기어검이었는데……."

슬쩍 말꼬리를 흐리는 용사등을 향해 코웃음을 친 용팔이 힘주어 말했다.

"항상 얘기하지만 상식적으로 생각해 보면 답이 나오죠."

"몰상식의 극치를 달리는 놈이 매번 상식 타령은."

"내 말을 듣고 나면 생각이 달라질걸요."

"일단 들어나 볼까?"

용사등이 슬쩍 흥미를 드러냈다.

그것은 문우령과 장유걸도 마찬가지였다.

애써 관심이 없는 척 딴청을 피우고 있긴 했지만, 귀가 쫑긋거리는 것까지 감출 수는 없는 노릇이었다.

이쯤 되면 용팔이 거드름을 피우는 것은 당연한 수순.

“모두 잘 들어요.”

“어서 말해보라니까.”

“다들 기억하죠? 어젯밤엔 비가 왔다는 걸. 어디 비만 왔나요? 바람도 꽤나 세차게 불었죠.”

“그런데?”

“장 숙수가 어제 더럽게 많이 얻어맞았잖아요.”

“좀 많이 맞았지.”

“좀이 아니라 더럽게 많이 얻어맞았다니까요. 저기 눈두덩이 시퍼렇게 부어오른 거 안 보여요?”

관심없는 척 창밖으로 시선을 던지고 있던 장유걸이 인상을 썼다.

그리고 시퍼렇게 부운 눈두덩이 사이로 두 눈을 매섭게 빛내며 용팔을 째려보았다.

더 건드렸다가는 위험하다는 생각이 들자 용팔은 지체없이 다음 이야기로 넘어갔다.

“어쨌든 중요한 건 그 와중에 창문이 깨졌다는 거죠.”

“창문?”

“그래요. 깨진 창문을 통해서 세찬 바람이 밀려들어 왔고, 비수의 방향이 갑자기 바뀐 것은 그 바람 탓이에요.”

용사등이 고개를 갸웃했다.

그럴듯하다고 생각은 하지만 여전히 미심쩍은 표정이었다.

그 표정을 확인한 용팔이 쐐기를 박기 위해 덧붙였다.

"물론 바람 탓만 있었던 것은 아니죠."

"그럼 또 무슨 이유가 있지?"

"아마… 비수가 휘어져 있었을 거예요."

탁.

용사등이 무릎을 쳤다.

"명쾌하구나!"

"상식적으로 생각하면 다 답이 나온다니까요."

"평소에도 이렇게 똑똑하면 참 좋을 것을."

"원래 머리는 함부로 쓰는 게 아니거든요."

용팔의 양어깨에 힘이 잔뜩 들어갔다.

머리란 그저 장식품이 아니었다.

가장 큰 용도는 분홍색 영웅건을 두르는 데 쓰였지만, 가끔씩 이렇게 필요할 때 써먹기도 했다.

"그래도 이해가 안 되는 게 있는데."

기고만장한 표정을 짓고 있던 용팔이 문우령에게 시선을 던졌다.

"뭔데?"

"유강이가 어제도 맨손으로 검을 움켜쥐었잖아. 이번에도 그 검의 날이 무뎌서는 아닌 것 같은데."

"그야……."

정곡을 찌르는 지적이었다.

그래서 용팔이 잠시 말문이 막힌 사이 장유걸까지 끼어들어 거들었다.

"맨손으로 화덕에 손을 집어넣었음에도 불구하고 화상은 커녕 물집조차 잡히지 않은 것은 어찌 설명할 것이냐?"

마치 둑이 터진 것처럼 쏟아지는 질문들은 용팔을 당황시키기에 충분했다.

그러나 그도 잠시, 용팔은 금세 타개책을 찾아냈다.

"아마… 장갑일 거예요."

"장갑?"

"왜, 이야기책을 보다 보면 특별한 능력이 장착된 장갑이 자주 나오잖아요. 장갑을 끼고 있으면 도검(刀劍)과 한서(寒暑)가 불침한다는."

"그러니까 수호갑(守護匣)이나 적룡갑(赤龍匣) 같은 것?"

"그렇죠."

"가끔씩 똑똑한 새끼."

용사등은 이번에도 무릎을 탁 쳤다.

그리고 감탄한 표정을 짓고 있는 것은 문우령과 장유걸도 마찬가지였다.

용팔의 어깨가 다시 하늘 높은 줄 모르고 치켜 올라갈 무렵, 천유강이 탁자 곁으로 다가왔다.

"피가 나요."

"뭐?"

“깨진 그릇에 손을 베었어요.”

천유강의 손가락을 타고 붉은 피가 바닥으로 뚝뚝 떨어졌다.

그 순간 용팔에게 모두의 시선이 다시 쏟아진 것은 당연지사였다.

궁지에 몰린 용팔이 서둘러 자리에서 일어나며 소리쳤다.

“안 보여요?”

“도검도 불침하는 수호갑을 끼고 있는 복덩이가 고작 깨진 그릇에 손을 베서 피를 흘리고 있는 것은 보인다만.”

“그거 말고 밖에서 추위에 떨며 기다리는 손님들 안 보여요?”

누가 말릴 새도 없이 달려나간 용팔이 힘껏 객잔 문을 열어젖혔다.

“오늘도 저희 용호객잔을 찾아주셔서 감사합니다!”

용팔의 커다란 외침과 함께 용호객잔의 영업이 시작되었다.

끼이익.

마차가 멈추고 문이 열렸다.

마차에서 내린 제갈소미가 슬쩍 주변을 살폈다.

어젯밤에도 슬쩍 살피긴 했지만, 가히 최악이라고 불러도 좋은 입지 조건이었다.

낙양 바닥을 어지간히 돌아다닌 그녀로서도 이렇게 인적이 드문 곳에 객잔이 있을 거라고는 상상치 못했으니까.

게다가 밝은 대낮에 보니 객잔은 허름하기도 했다.

비바람이 조금만 세차게 불면 금세 무너져 버릴 것처럼.

용호객잔.

낡을 대로 낡은데다가 때가 꼬질꼬질하게 낀 깃발이 바람에 펄럭이는 것을 지켜보던 제갈소미가 객잔으로 향했다.

"그래도 장사는 잘되네."

거의 최악의 입지 조건인데다가 허름하기 그지없었지만 신기할 정도로 객잔은 성업을 이루고 있었다.

대체 이유가 뭘까를 고민하며 객잔 안으로 들어서자마자 경망스런 목소리가 그녀를 맞이했다.

"어서 옵쇼!"

무심코 고개를 돌렸다가 눈살을 찌푸렸다.

'이건 뭐야?

점소이의 얼굴을 마주한 순간, 말로는 형언할 수 없는 복잡한 감정이 머릿속을 헝클어뜨렸다.

객잔의 점소이로는 전혀 어울리지 않는 못생긴 얼굴로 인한 당혹감, 아버지에 대한 배신감, 심지어 앞으로도 평생을 혼자서 지내게 될 점소이의 앞날을 걱정하는 연민의 감정까지.

하지만 가장 급한 것은 울렁거림이었다.

‘어떻게든 참아야 되는데!’

마음은 그랬다.

하나 뜻대로 되지 않는 것도 있었다.

마차가 너무 흔들린 탓에 가뜩이나 속이 좋지 않았는데…

예상치 못한 점소이의 못생긴 얼굴이라는 복병은 그녀의 속을 뒤집어놓기에 충분했다.

게다가 퉁퉁 부은 들창코 안의 지저분한 내용물이 밖으로 흘러나오는 순간, 결국 욕지기를 참지 못했다.

“우웨엑.”

피하기라도 할 것이지.

점소이는 고스란히 내용물을 뒤집어썼다.

“미안… 해요.”

“괜찮습니다.”

“……?”

“자주 겪는 일인걸요.”

생긴 건 조금 그랬지만 친절하기는 했다.

이런 상황에서도 환하게 웃고 있는 것을 보니.

아, 웃지 않는 게 더 나았을지도 모르겠다.

누렇게 변색된 뻐드렁니를 보는 순간, 간신히 진정되었던 속이 다시 울렁거리기 시작했으니까.

곁에서 더 지켜보다가는 다시 한 번 욕지기를 할 것 같아서 서둘러 점소이를 지나쳐 빈자리에 앉았다.

"소면 하나요."

차림표를 볼 정신도 없었다.

대충 주문을 하고 마음을 진정시키는 사이, 주문했던 소면이 금세 나왔다.

'저렇게 생긴 게 자기 탓은 아니잖아!'

괜히 미안한 마음이 남아서 아까 일을 제대로 사과하기 위해 고개를 들었던 제갈소미가 눈을 치켜떴다.

'거짓말이 아니었어!'

점소이가 바뀌었다.

그리고 이 점소이를 마주한 순간, 조금 전까지 가슴속을 채우고 있던 아버지에 대한 배신감은 눈 녹듯이 사라졌다.

'진짜 잘생겼잖아!'

잘생긴 남자들은 지겹도록 봤다고 자부했는데.

이 남자는 아예 차원이 달랐다.

감히 시선을 떼기 힘들 정도로 남자는 미남이었다.

"맛있게 드세요."

고개를 꾸벅 숙이고 남자가 돌아서는 것을 보고서 정신을 차렸다.

혼이 빠져나갈 정도로 잘생겼다고는 하나 자신에게 주어진 임무를 잊을 정도로 책임감이 없지는 않았다.

머지않아 태풍의 눈이 될 것이라고 아버지께서 그리 강조했던 이 남자에 대해 조금 더 알아보고 싶었다.

“저기요.”

“네, 손님!”

일단 남자를 불렀다.

그리고 거의 무방비 상태로 서 있는 남자의 손목을 노리고 손을 뻗었다.

완맥을 움켜쥐고서 무공을 익혔는가 여부를 확인하기 위해서.

뭐, 사실 약간의 사심이 섞여 있었던 것도 부인하진 못하겠지만.

‘응?

그런데 뜻대로 되지 않았다.

남자는 간발의 차로 빠져나갔다.

물론 여기서 포기할 그녀가 아니었다.

헛손질을 하며 텅 빈 공간만을 가르고 지나갔던 그녀의 손이 마치 뱀처럼 꿈틀거리며 다시 남자의 완맥을 노리고 파고들었다.

제갈세가의 비전 금나수인 응혈신조.

응혈신조까지 펼쳤으니 절대 피할 수 없을 거라 확신했는데, 남자는 만만치 않았다.

탁. 탁.

순식간에 공방이 오고 갔다.

그리고 결국 제갈소미는 점소이의 손목을 움켜쥐는 데 성

공하지 못했다.

'고수?'

그래서 그녀가 다시 한 번 작심하고 응혈신조를 펼치려 할 때였다.

"손님!"

"……?"

"손은 은자 열 냥 이상입니다."

이건 또 무슨 소릴까.

말귀를 전혀 알아듣지 못한 제갈소미가 의아한 표정을 짓고 있을 때, 남자가 차림표를 가리키며 덧붙였다.

"그냥 한 번 잡혀 드리고 싶긴 하지만… 규칙은 규칙이거든요."

『용호객잔』 2권에 계속…

저작권 보호!!

장르문학의 성장에 힘이 되어주십시오.

저작물의 무단 전재와 복제, 불법 다운로드!
이것은 관심이 아니라 무관심입니다!

작가님들은 창의적 열정과 시간을 투자해 자신의 꿈과 생계를 유지합니다.
한 권의 책을 만들어 많은 사람들은 자신의 인생과 미래를 설계합니다.

저작물 속에는 여러 사람의 노력과 희망이
담겨 있습니다!

저작물의 무단 전재와 복제, 불법 다운로드는 여러 사람들의 꿈과 생계를
위협함으로써 장르문학을 심각한 상황에 빠뜨리고 있습니다.

이제는 무관심이 아니라 관심으로 장르문학의
성장에 힘이 되어주세요.

[도서출판 **청어람**은 항시적인 저작권 보호를 통해 장르문학과
여러분의 희망을 지키겠습니다.]

저작물의 무단 전재와 복제, 불법 다운로드는 법률에 의해 처벌받을 수 있습니다.
저작권법 제97조의5 (권리의 침해죄)
저작재산권 그 밖의 이 법에 의하여 보호되는 재산적 권리(제73조의 4의 규정에 의한 권리를
제외한다)를 복제·공연·방송·전시·전송·배포·2차적 저작물 작성의 방법으로 침해한
자는 5년 이하의 징역 또는 5천만 원 이하의 벌금에 처하거나 이를 병과(동시에 두 가지 이상의
형벌을 지우는 일)할 수 있다.

장영훈 新무협 판타지 소설
절대강호
絶代强虎